Adrian Plass

O Herr, laß mich (k)ein Kohlkopf sein!

Adrian Plass

O Herr, laß mich (k)ein Kohlkopf sein!

Aus dem Englischen
von Christian Rendel

Brendow
Buch · Kunst · Verlag

Die Deutsche Bibliothek – CIP-Einheitsaufnahme

Plass, Adrian:
O Herr, laß mich (k)ein Kohlkopf sein! / Adrian Plass.
Aus dem Engl. von Christian Rendel. –
2. Aufl. – Moers : Brendow, 1997
(Edition C : C ; 464)
Einheitssacht.: Cabbages for the King <dt.>
ISBN 3-87067-641-8
NE: Edition C / C

2. Auflage 1997
ISBN 3-87067-641-8
Edition C, C 464

Originaltitel: CABBAGES FOR THE KING.
First published in Great Britain in 1993 by Fount Paperbacks.

Einbandgestaltung: Kortüm & Georg,
Agentur für Kommunikation und Gestaltung, Münster
Printed in Germany

Inhalt

Filmriß

Überflüssige Übungen und sonderbare Sitten

An meine Leser

Warum heißt dieses Buch *O Herr, laß mich (k)ein Kohlkopf sein?*

Die schlichte Antwort ist die, daß es in einer gewissen, sehr wichtigen Hinsicht völlig gleichgültig ist, ob man ein Christ ist, der zufällig über seinen Glauben spricht oder schreibt, oder ob man ein Christ ist, der zufällig einen Obst- und Gemüseladen betreibt.

Der gewissenhafte Obst- und Gemüsehändler kauft und verkauft die besten Produkte, die er bekommen kann, auf so freundliche Weise wie möglich und zu einem Preis, der sowohl den Mitteln seiner Kunden als auch den Bedürfnissen seiner eigenen Familie angemessen ist. Er hat (falls es sich nicht um einen Obst- und Gemüsehändler mit privatem Vermögen handelt) nicht die Freiheit, morgens nicht zur Arbeit zu erscheinen, wenn er sich geistlich ausgetrocknet fühlt. Die Öffentlichkeit braucht ihre Kohlköpfe, und ein ungeheiligter Kohlkopf schmeckt so ziemlich genauso wie ein geheiligter. Der gläubige Obst- und Gemüsehändler ist ein gewöhnlicher Mann, der versucht, seiner hohen Berufung gerecht zu werden. Tag für Tag tut er sein Bestes, um den Leuten das zu geben, was sie brauchen, und bittet Gott, seine Kunden und ihn selbst vor seinen eigenen Unzulänglichkeiten zu schützen.

Genauso ist es bei mir.

Wenn der Obst- und Gemüsehändler und ich zusammen im Himmel ankommen, werden wir in den Augen Gottes gleich sein, nur daß ich (hoffentlich) an meinen Früchten erkannt werde, während er an seinen Früchten *und* an seinem Gemüse erkannt wird.

Dieses Buch ist eine Sammlung der Witze, Geschichten, Sketche und Gedichte, die ich, und in letzter Zeit meine Frau und ich, auf Bühnen kreuz und quer im Land den Leuten zugeworfen haben. Die meisten davon sind humorvoll (oder sollen es wenigstens sein), ein paar sind traurig oder ernst, und die übrigen kann man nicht definieren.

So, wie sie sind, sind sie das, was ich für Gott tue – meine Kohlköpfe für den König. Ich hoffe, Sie haben Spaß daran.

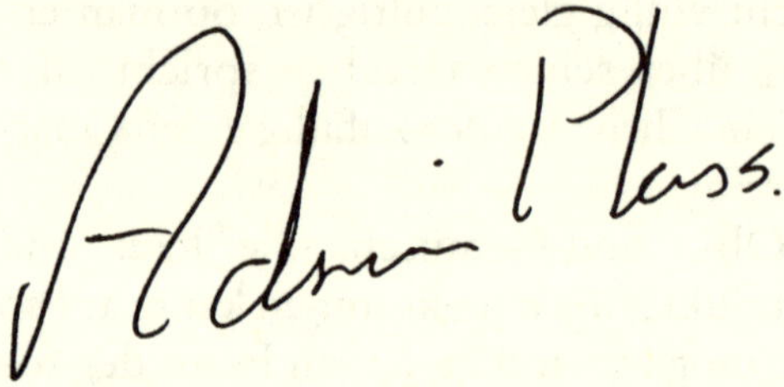

Die Wahrheit sagen

Die Wahrheit dringt so leicht in den Verstand ein, daß es, wenn wir sie zum ersten Mal hören, so scheint, als würde sie uns lediglich in Erinnerung gerufen.

BERNARD DE FONTENELLE, 1768

Wahrheiten und Rosen haben Dornen an sich.

H. G. BOHN – HANDBOOK OF PROVERBS, 1855

Die Wahrheit läßt sich dehnen, aber nicht zerreißen.

SPANISCHES SPRICHWORT

Die Wahrheit sagen

Wie fängt man ein Buch an? Ich weiß nie, wie ich etwas anfangen soll. Oft, wenn ich in Kirchen oder Sälen oder Theatern aufstehe, um zu sprechen, habe ich nicht die leiseste Ahnung, was ich sagen werde. Heute macht mir das nicht mehr so viel aus, weil ich nicht mehr so viel Angst habe wie früher, aber am Anfang wurde mein Nervensystem dabei jedesmal schrecklich durchgeschüttelt.

Als ich kürzlich erst in allerletzter Sekunde in einem Veranstaltungssaal ankam, begann ich mit folgenden Worten:

„Ich danke meinen Glückssternen, daß ..."

Ich brach ab, als mir bewußt wurde, daß sich unter den Anwesenden mit höchster Wahrscheinlichkeit eine ganze Reihe Leute mit ausgeprägter Allergie gegen Astrologie befanden. Die meisten Leute lachten, als ich mich verbesserte: „Ich möchte dem Herrn danken, daß ...", aber einige lachten nicht.

Eieiei.

Abgesehen davon, daß ich schlichtweg unfähig bin, eine logische Folge von Gedanken oder Gliederungspunkten aufzustellen und mich dann daran zu halten (meine Neigung zur tangentialen Denkweise führt gelegentlich zu geringfügigen Konflikten, wenn meine Frau und ich zusammenarbeiten), hat diese Unfähigkeit, einen Anfang zu finden, wahrscheinlich etwas mit meiner Identität zu tun. Offenbar passe ich in keine der traditionellen Kategorien christlicher Redner. Ich bin kein Prediger; ich bin ganz gewiß kein Bibellehrer, und es ist lange her, daß es mir vergönnt war, einfach nur zu unterhalten. Was ich zu bieten habe, ist meine Entschlossenheit, im privaten und im öffentlichen Bereich mit der Kluft zwischen dem, was ich bin, und dem, was ich sein zu müssen glaube, zu leben. Damit meine ich nicht, daß ich mich nicht zum Besseren verändern werde – diese Möglichkeit schafft Gott in unserem Leben immer –, aber ich weigere mich, so zu tun, als hätte sich meine Tugendhaftigkeit oder Geistlichkeit plötzlich um ein Mehrfaches vervielfacht, nur weil ich gerade auf einem Podium stehe.

Wir werden unserer Botschaft niemals gerecht werden, und darum glaube ich, daß es wohl nützlicher ist, die Wahrheit zu sagen. Enthusiasmus und Optimismus sind kein Ersatz für Realitätssinn.

Ich erinnere mich, wie ich einmal in den Midlands mit einem Evangelisten zusammenarbeitete. Es war eine Abendveranstaltung, und der große Saal, in dem sie stattfand, war ungefähr zur Hälfte gefüllt. Ich ging als erster auf die Bühne und sprach etwa fünfzehn Minuten lang, und dann war er mit dem Hauptvortrag an der Reihe. Nun, für all diejenigen, die es nicht wissen: Evangelisten sind an und für sich ganz vorzügliche Leute, aber es fällt ihnen sehr schwer zu glauben, daß irgend jemand eine Information aufnehmen oder verstehen kann, wenn sie nicht ungefähr neununddreißigmal wiederholt wird. Dieser Bursche war keine Ausnahme. Wenn ich diese Neigung zu der bereits erwähnten Unfähigkeit, die persönliche und die göttliche Wahrheit auseinanderzuhalten, hinzufüge, dann erscheint mir das, was nun folgte, im Rückblick eigentlich nicht mehr sehr überraschend. Ich kann mich nicht mehr an den genauen Wortlaut der Ansprache meines Kollegen erinnern, aber eine längere Passage hörte sich annähernd folgendermaßen an:

„Ich mache mir keine Sorgen, denn ich gehöre Gott. Ich gehöre Gott, und darum muß ich mir keine Sorgen machen. Warum mache ich mir keine Sorgen? Nun, weil ich zu Gott gehöre. Wem gehöre ich? Natürlich Gott, und darum muß ich mir keine Sorgen machen. Sorgen? Ich? Weit gefehlt! Warum sollte ich mir Sorgen machen, wenn ich doch Gott gehöre? Sehen Sie, Gott zu gehören ist das Ende aller Sorgen, und darum tue ich das nicht mehr, seit ich Gott gehöre . . .“

Nach einigen weiteren Variationen zum Thema beendete der Evangelist seine Ansprache, verließ die Bühne und kam hinter die Seitenkulisse, wo ich ihn erwartete. Bei den Worten, die er mir zuflüsterte, stockte mir der Atem.

„Ich mache mir große Sorgen", sagte er heiser, „ich glaube, ich bin überhaupt nicht zu den Leuten durchgedrungen."

Ich war schockiert. Ich war noch nicht sehr lange in dieser Branche der verzückt zusammengekniffenen Augen und glaubte immer noch, daß christliche Redner im großen und ganzen die Wahrheit über sich selbst sagten.

„Moment mal", erwiderte ich, „Sie haben gerade eben all den Leuten da draußen gesagt, daß Sie sich keine Sorgen machen, weil Sie Gott gehören. Was sollte denn das?"

„Na ja", sagte er, „da habe ich ja gepredigt."

Es ist so leicht, sich zu so etwas hinreißen zu lassen. Mir selbst ist es auch schon passiert. Doch als Gegengewicht zu Erlebnissen wie dem gerade beschriebenen, die einen sehr zynisch werden lassen könnten, gibt es auch einige überwältigende Wahrheiten.

Erstens ist das alles nichts Neues. Es war schon immer so, daß die Botschaft viel größer war als wir. Als Johannes der Täufer in Herodes' Kerker schmachtete, wollte er wissen, ob Jesus wirklich derjenige war, auf den er wartete. Erst kurze Zeit zuvor hatte er, erfüllt vom Heiligen Geist, den Messias in aller Öffentlichkeit voller Zuversicht identifiziert. Doch nun kauerte er hier in der bedrängenden Finsternis, mit seinen eigenen Begrenzungen konfrontiert, und verspürte eine erbärmliche Ungewißheit.

Gott gebraucht unzulängliche Menschen. Es bleibt ihm gar nichts anderes übrig, denn das ist die einzige Sorte, die zur Wahl steht. Er hat sich auf das Risiko eingelassen, sein irdisches Image Idioten wie Ihnen und mir und meinem Freund, dem Evangelisten, anzuvertrauen – Leuten, die von Zeit zu Zeit versagen und Fehler machen.

Zweitens geht auch heute in der Gemeinde Jesu vieles vor sich, das wunderbar und wirklich von Gott inspiriert ist.

Leider ist die menschliche Natur so beschaffen, daß vielen Leuten die Absurditäten, das Versagen und das sinnlose Machtstreben viel stärker ins Auge fallen, als die Dinge, die Gott tut. Darum müssen Sie, ich und der Evangelist uns noch viel mehr Mühe geben, die Albernheiten auf ein Minimum zu reduzieren.

In philosophischen Diskussionen um das Thema Kreativität wird oft eine Illustration angeführt. Darin geht es um einen Zyniker, der ein schönes Gemälde zerreißt.

„Habe ich es euch nicht gesagt?" triumphiert er. „Es ist überhaupt kein Bild da. Das ist nur eine Ansammlung von Holz, Leinwand, Nägeln und Farbteilchen. Ihr betrügt euch alle selbst!"

Natürlich irrt er sich. Es *ist* ein Bild da, und es ist viel mehr als die Summe seiner Bestandteile.

Mit der Gemeinde, dem Leib Jesu, ist es genauso. Jeder Zyniker könnte mein Leben oder die seltsamen Schrullen meiner christlichen Brüder und Schwestern unter die Lupe nehmen und sagen: „Es steckt nichts dahinter – das ist nur Adrian Plass und noch ein paar lächerliche Zutaten. Es *gibt* keine Gemeinde. Es gibt keinen Leib Christi. Es gibt keinen Gott!"

Doch das wäre ein trauriger Irrtum. Die Braut, der Leib, das Gesicht und die Hände Gottes auf der Erde, belebt durch den Heiligen Geist und geleitet durch die Gedanken und den Willen Jesu selbst, müssen ein herrlicher Anblick sein, wenn man sie vom Himmel aus betrachtet. Gott schaut gern dieses Kunstwerk an, und ich bin sehr froh, daß er auch mich in eine kleine Ecke hineingemalt hat.

Er hat mir die Erlaubnis gegeben, ehrlich über ihn *und* über mich selbst zu sprechen, und das werde ich auch in Zukunft tun.

Es erscheint mir passend, diese erste Auswahl von kurzen Stücken unter das Thema *Wahrheit* zu stellen, denn Wahrheit ist der Großhändler, bei dem ich die meisten meiner „Kohlköpfe" erwerbe.

Bin ich der einzige?

Eine meiner größten Ängste als junger Christ war es, daß durch irgendeinen undenkbaren Vorgang die Person, die ich wirklich innerlich war, für alle anderen Leute in meiner Gemeinde sichtbar werden könnte. Was würden sie sagen und denken, wenn sie den Sumpf zu Gesicht bekamen, in den sich mein Innenleben oft verwandelte? Wie würden sie mit dem Wissen fertigwerden, daß ich manchmal ganz und gar aufhörte, an Gott zu glauben, oder daß meine tägliche „stille Zeit" gar nicht täglich war, sondern wöchentlich oder vierzehntäglich oder monatlich oder sogar noch seltener? Würden sie sich mit einem solchen Chaoten überhaupt noch abgeben wollen?

Heute stört es mich viel weniger, wenn Leute wissen, wie ich wirklich bin, aber ich werde wohl immer ein leichtes Gefühl der Einsamkeit dabei empfinden, daß ich, was Persönlichkeit und Einstellung angeht, der einzige Mensch bin, der genauso ist wie ich. Ich werde nie ein anderes Ich finden, mit dem ich Erfahrungen austauschen kann (was für eine Erleichterung für den Rest der Welt!), doch so einzigartig auch jeder von uns ist, wir haben doch eine ganze Menge gemeinsam. Es kann sogar ein atemberaubend befreiendes Gefühl sein, wenn man entdeckt, daß man nicht „der einzige" ist.

Bin ich der einzige?

Bin ich der einzige,
der Gott,
Werder Bremen,
der *Lindenstraße*
und seinen eigenen Neigungen folgt –

meist in umgekehrter Reihenfolge?
Ich hoffe nicht.

Bin ich der einzige,
der Norman-Wisdom-Filme mag,
Bat out of Hell,
Unsere kleine Farm
und *Das Schweigen der Lämmer*?
Wahrscheinlich.

Bin ich der einzige,
der nie Autofahren gelernt hat,
es wahrscheinlich auch nie tun wird,
nicht tun will
und vielleicht den nächsten umbringen wird,
der ihn fragt, warum nicht?
Vielleicht.

Bin ich der einzige,
der seinen Wohnzimmerteppich nach größeren
Schmutzteilen absucht, bevor er ihn saugt,
und dann doch hinterher feststellt, daß das Rohr
verstopft ist mit toten Hunden,
halben Ziegelsteinen, Dornengestrüpp, Ansammlungen von
Halmamännchen,
dem größten Teil der *Sunday Times* und
sechs Pfund fünfzig in kleinen Münzen?
Ich bezweifle es.

Bin ich der einzige,
der laut mit sich selbst redet, wenn er allein ist,
dann plötzlich merkt, daß er es doch nicht ist,
sich wie ein Idiot vorkommt
und so zu tun versucht, als hätte er gesungen?
Sicher nicht.

Bin ich der einzige,
der alle Kritik haßt,
besonders die konstruktive Sorte,
weil die meistens bedeutet,
daß ich etwas ändern muß?
Ich glaube nicht.

Bin ich der einzige,
der gerne seinen Kuchen nimmt,
ihn ißt,
bis ihm schlecht wird,
und sich dann selbst bemitleidet?
Möglicherweise.

Bin ich der einzige,
der liebt und Liebe braucht
und scheitert und hinfällt und weint
und nach der Hand eines jeden greift,
der mit Starksein an der Reihe ist,
der an der Reihe ist, für mich Jesus zu sein?
Bin ich der einzige?

Jenny

Ich wünschte, wir wären als Gemeinde Jesu bereitwilliger, voreinander nicht nur unseren Glanz zu zeigen, sondern auch unsere Dunkelheiten. Was für ein dunkles Ereignis muß doch die Kreuzigung gewesen sein – und wie glanzvoll war ihr Ausgang.

Es fällt den Leuten viel leichter, die *ganze* Geschichte zu akzeptieren, auch wenn sie rauh und uneben ist, als eine sorgfältig überarbeitete.

Nicht lange, nachdem Jenny Larcombe durch ein Wunder

geheilt worden war (nur jemand, der sie nicht vor und nach ihrer Heilung gekannt hat, könnte daran zweifeln), beging die Schwester einer sehr guten Freundin von uns nach Jahren der Depressionen Selbstmord. Zufällig war auch ihr Name Jenny. Sie war eine Nachfolgerin Jesu und kämpfte gegen alle Widerstände darum, stabil genug zu bleiben, um ein normales Leben führen zu können. Sie versuchte es mit aller Kraft, doch am Ende schaffte sie es nicht, genauso wie Menschen, die an einer schweren körperlichen Krankheit leiden, es manchmal nicht schaffen, wieder gesund zu werden. Ich würde mir wünschen, daß die Gemeinde sich zu diesen *beiden* Jennys bekennen würde, denn sie gehören beide zu Jesus und sind gleichgestellte Bürger im Reich Gottes.

Natürlich bleibt das Rätsel bestehen, aber es ist ein Rätsel mit einem Herzen.

Jenny

Unser Vater im Himmel,
Jenny hat sich gestern vor einen Zug geworfen,
Geheiligt werde dein Name, dein Reich komme,
Sie war erst siebenunddreißig,
Dein Wille geschehe wie im Himmel so auf Erden,
Du wußtest, daß sie es tun würde, nicht wahr, Herr?
Unser tägliches Brot gib uns heute,
Sie hatte keine Hoffnung mehr,
Und vergib uns unsere Schuld, wie auch wir vergeben unseren Schuldigern.
Jenny hat Vergebung empfangen, nicht wahr?
Und führe uns nicht in Versuchung,
Viele von uns stehen am Rande der Dunkelheit,
Sondern erlöse uns von dem Bösen,
Deine Kraft ist alles, was wir haben,

Denn dein ist das Reich,
Und dort lebt sie jetzt,
Und die Kraft und die Herrlichkeit,
Sie gehört dir, Herr,
In Ewigkeit,
Jenny,
Amen.

Diät

Es ist unmöglich, den Zusammenhang zwischen körperlichem Wohlbefinden und geistlichem Frieden überzubetonen. Damit will ich natürlich nicht sagen, daß das eine vom anderen abhängig wäre, denn viele wunderbare Menschen haben inmitten schwerer Leiden eine große Gelassenheit des Geistes bewiesen. Ich will lediglich darauf hinweisen, daß etliche Leute, die ich kenne (ich selbst eingeschlossen), die Erfahrung gemacht haben, daß Müdigkeit, zuviel Alkohol und zuviel Essen, um nur drei kleine Punkte zu nennen, eine abstumpfende Wirkung auf das Bewußtsein für geistliche Dinge haben.

Ich kenne eine Frau, die sich jahrelang weit von Gott entfernt fühlte und nicht von der Stelle kam, bis sie eine strenge Diät begann und wieder anfing, sich selbst zu mögen. Damit will ich keine moralische Aussage machen, obwohl (verzeihen Sie mir) es eine wird, sobald wir sie als wahr erkennen, sondern lediglich einen ganz praktischen Hinweis geben.

Ich kauere elendiglich in meinem Schlupfloch der Heuchelei, während ich diese Worte schreibe. Ich kann manchmal sehr müde werden. Ich trinke gern einmal ein Gläschen. Ich dehne mich aus und ziehe mich wieder zusammen wie der Kehlsack eines Ochsenfrosches.

Lesen Sie die folgenden Worte, haben Sie Erbarmen mit mir, und ich werde Erbarmen mit Ihnen haben.

Diät

die ausdehnung kam meinem körper gar nicht gut zustatten dann nahm ich
statt der vier stück zucker in den tee süßstofftabletten, völlig ohne nach-
geschmack, ach nee schob mir ballaststoffe hinein oder hindurch,
besser gesagt was mich ein bißchen runterzog, ich war schon
ganz verzagt da sagte mir ein freund, der alkohol bläht auf
und ich verkniff mir rotwein, ging fast dabei drauf kein
alkohol und nichts gebratenes mehr nur thunfisch
noch und datteln, bitte sehr nahm mir vor zu
schummeln, aber dann ein wunder, konnte
meine füße seh'n als wäre ich ein and'rer,
beß'rer Mann die frische luft war
schön ich genoß den milden Wind
ich rannte und sprang schlief
tief und lang glückliches
Kind völlig gelassen
alles in maßen
stark und ge-
sund ich
naschte
verstohlen
erst verhohlen
nur zur belohnung
ein steak versuchen ein
stück süßen kuchen ein
gläschen guten portwein das
muß doch auch mal sein schließ-
lich war ich jetzt am Ziel oh, ich lä-
chelte, während ich fiel plötzlich hatte ich
lust auf braten mit wildem blick erstürmte ich
den laden preßsack, schinken und schwartenma-
gen springt alle in meinen einkaufswagen fettige
kreppel voll mit süßer marmelade kommt, macht mich
klebrig, mir ist so fade schokolade mit allerlei füllung und pur
nach dir sehnt sich mein gaumen nur knusprige, braune, salzige,
fettige pommes mit ketchup und mayonnaise gemischt, wohl be-
komm' es die ausdehnung kam meinem körper gar nicht gut zustatten

Weihnachten

Stellen Sie sich folgende Szene vor:

Der Engel Pongo erscheint am Heiligabend um Mitternacht in Ihrem Wohnzimmer und hält die folgende Ansprache:

„Sei mir gegrüßt, du Begnadeter! Siehe, der Herr hat mir aufgetragen, dir Kunde von großer Freude zu bringen. Denn du hast dir durch deine ständigen guten Taten und dergleichen so viele Sternchen im Klassenbuch erworben, daß er wünscht, dir anzubieten, was immer dein Herz begehret, und sei es ein brandneuer Motor oder ein Urlaub an der Algarve mit eigenem Bad und allem Luxus oder, wenn es dich in deinem Herzen danach verlangt, etwas noch Nützlicheres, wenn auch weniger Materielles, wenn du begreifest, was ich andeuten will."

„Was, meinst du zum Beispiel das Wissen, daß ich treu den Spuren meines Meisters folge?"

„Nun ja, etwas in dieser Richtung. Die meisten wünschen sich einen Porsche, aber was du sagst, hat eine durchschlagende Wirkung auf deine zukünftige Stellung zum Chef, da er nun einmal so sehr auf Demut und dergleichen steht. Überleg's dir, aber vergiß nicht, daß dem Chef Wahrheit wichtiger ist als Silber und Gold. Wenn du dir einen Porsche erträumest, aber statt dessen um ein kaltes Bad und ein paar Eiterbeulen bittest, siehe, so wird ihm der Kragen platzen, verlaß dich drauf."

Tja, was würden Sie sich aussuchen, wenn Pongo zu Ihnen käme?

Was würde *ich* wählen?

Was immer ich will, richtig?

Nun, es wäre wohl kein Porsche oder dergleichen. Ein Porsche würde irgendwann verrosten, und dann würde ich mir wünschen, ich hätte um das eine gebeten, das ich schon immer wollte – immer.

Was es ist, werden Sie am Ende des folgenden Gedichtes herausfinden.

Weihnachten

Weihnachten kommt sowieso –
es kam erst heut zu uns nach Haus.
Ich liebe es! Doch mir ist so, als ob da etwas fehlte.
Der Weihnachtsmann war pünktlich da
mit seinem Schlitten voller Glocken,
trank seinen Sherry, aß den Kuchen,
hinterließ mir ein Paar rote Socken
und viele andre Dinge.
Mein Töchterchen beschenkte mich
mit einem eingesperrten Käfer, rührend.
Und all die Duftwässerchen und Seifen haben,
so hoff' ich, weiter nichts zu sagen,
geformt wie Mutant Ninja Turtles!
Und wer schickt mir den Schlankheitsgürtel?
Das finde ich empörend.
Mein Sohn sagte: „Papa, für dich
ein tragbarer Schreibcomputer!"
Ich war ganz aufgeregt, doch leider
war's nur 'ne Plastikhülle mit 'nem Kugelschreiber.
Doch Spielzeug gab's und Garfield-Becher
und Unterhosen und Gelächter,
und überhaupt sagt man ja stets,
auf den Gedanken kommt es an.
Doch etwas fehlt, es ist nicht da. Ich weiß nicht, was es ist.

Die Krippe gibt mir Rätsel auf, ich sehe sie vor meinem Auge, göttliches Durcheinander, Hirten vor dem neugebornen Hirten,

Maria stolz, aber verwirrt, Josef besorgt in ihrer Nähe,
was fängt ein kleines Baby an mit Gold,
Weihrauch und Myrrhe?
Warum die Engelscharen hoch am Himmel,
wie Schneeflocken am Sternenhimmel?
Ich glaube, keiner wußte recht, was vor sich ging,
nur, daß da etwas *Gutes* seinen Lauf nahm,
und Gott sprach, und er sagt es heute noch:
„Hier ist mein Sohn, macht mit ihm, was ihr wollt.
Und wenn ihr ihn auch umbringt,
wird er doch für immer für euch leben,
nicht nur in Weihnachtsliedern, Krippenspielen,
Festtagszeiten,
sondern im Menschenherzen,
wo Revolutionen ihren Anfang nehmen
und Kämpfe in der Dunkelheit nie aufzuhören scheinen.
Damals wie heute bietet er das einzige Geschenk,
das ihr je brauchen werdet,
die Möglichkeit des Friedens."

Jane Drain

Dies ist der erste von fünf über das Buch verteilten kurzen Sketchen, in denen es um einen Schriftsteller geht. Dieser erste beleuchtet die Schwierigkeit, aufrichtig gegenüber einer Person zu sein, die so auftritt, als hätte sie die unmittelbare Autorität Gottes auf ihrer Seite.

Was *soll* man denn einem Menschen antworten, der sagt: „Der Herr hat mir gesagt ..."?

Jane Drain

S: = Schriftsteller
G: = Gast

S: Nun, Miss Drain –
G: Nennen Sie mich Jane.
S: Jane Drain – schön. Äh . . . Jane, Sie wollten mich um Rat bei Ihren schriftstellerischen Bemühungen fragen. Ja?
G: Ja, nun, Sie sind doch Schriftsteller, oder nicht?
S: *(bescheiden)* Nun . . . ja, das ist richtig.
G: Der Herr hat mir einige Gedichte geschenkt *(Sie klatscht einen riesigen Stapel beschriebener Blätter auf den Tisch)*, und letzte Woche hat er mir in meiner stillen Zeit gezeigt, daß *Sie* mir helfen werden, sie zu veröffentlichen.
S: Da, äh, hat er Ihnen aber eine ganze Menge geschenkt, nicht wahr?
G: Ja, und Sie werden mir helfen, sie zu veröffentlichen.
S: Nun, ich weiß nicht recht –
G: Ich bekomme sie, wo ich gehe und stehe.
S: Was?
G: Gedichte. Ich weiß nie, wann wieder eines kommt. Ich liege zum Beispiel in der Badewanne –
S: *(argwöhnisch)* Mmm . . .?
G: Und plötzlich kommt mir eines in den Sinn, und ich muß aus der Badewanne springen, tropfnaß, wie ich bin, und renne durchs ganze Haus, um mir einen Kuli zu suchen, und sobald ich einen gefunden habe, schreibe ich es schnell auf.
S: Was?
G: Das Gedicht. Ich schreibe es auf, so schnell ich kann.
S: Wenn Sie sagen, daß der Herr Ihnen diese Gedichte schenkt, Jane, meinen Sie damit –
G: Hier ist zum Beispiel eines, das ich heute morgen ge-

schrieben habe. *(Nimmt ein Blatt von dem Stapel)* Es überfiel mich unter der Dusche, als ich überhaupt nicht damit rechnete. *(Liest)*

Wenn ich in der Bibel nach Weisheit such'
denk' ich mir: Was für ein köstliches Buch,
Das muß doch 'ne riesige Freude sein,
für jeden, der's liest, sei er groß oder klein.
Wir lernen darin, daß der Mensch bitterbös ist,
und das seit dem dritten Kapitel Genesis.
Warum tun wir nicht nach Gottes Reichtümern trachten,
anstatt nach Geld, Ruhm und Ehre zu schmachten?
Drum laßt uns vor Gott nun die Häupter neigen,
oder, je nach Konfession, auch die Knie beugen,
auf daß uns bleibe eine Spaltung erspart,
so wurde es mir in der Dusche offenbart.

S: Nun! Das war ... nun ja! Wie soll ich sagen?
G: Wie fanden Sie es?
S: Nur *Sie* hätten das schreiben können, Jane.
G: An welchen Verlag sollen wir denn dann die Gedichte schicken?
S: Jane, die Sache ist die, daß Lyrik, so, äh ... gut sie auch sein mag, sich einfach nicht sehr gut verkauft.
G: Sicher, aber diese Gedichte hat mir der Herr gegeben, also *werden* sie sich verkaufen, nicht wahr?
S: Sehen Sie, Jane –
G: Ich habe auch ein kleines Gedicht für Sie geschrieben, das Sie vorlesen können, wenn Sie Vorträge halten und so. *(Reicht ihm ein Blatt Papier)*
S: *(Liest mit ungläubigem Gesichtsausdruck)*

Kein Zweifel, daß ich ein Schriftsteller bin,
denn ich schreibe Bücher, mal dick, mal dünn.

In ihnen ist, hoffe ich, ausgedrückt,
was wir machen müssen, damit Gott uns entrückt.

Das ist – sehr bewegend, Jane. Mich bewegt es jedenfalls. Aber sagen Sie, was genau meinen Sie damit, wenn Sie sagen, daß Gott Ihnen ein Gedicht *schenkt*?

G: Nun, ich liege zum Beispiel in der Badewanne, und –

S: Nein – nein. Ich meine, was passiert in Ihrem Kopf?

G: Keine Ahnung – die Worte schießen mir einfach in den Kopf und dann aufs Papier. Wie auch immer, an welchen Verlag sollen –

S: *(Schlägt sich mit der flachen Hand vor den Kopf)* Warten Sie, Jane! Ich glaube, mir passiert es jetzt auch! Ja, ich spüre, wie ein Gedicht kommt, und ich glaube, es ist für Sie. Hören Sie zu –

Danke, daß Sie so göttliche Gedichte schreiben,
damit kann man sich herrlich die Zeit vertreiben.
Doch Jane, Sie sollten sich nicht genieren,
sie auf eigene Kosten zu publizieren.

ENDE

Das Holzmännchen

Ich hatte eine ziemlich negative Sicht vom Christentum, bis ich vor ein paar Jahren eine Streßerkrankung durchmachte. Da ich mich zu einer Zeit bekehrt hatte, in der allgemein gelehrt wurde, daß Gott sich mehr oder weniger die Nase zuhielte, während er uns schmutzigem, reuigem Abschaum erlaubte, eidechsengleich in seine Gegenwart zu kriechen, kam mir nie der Gedanke, daß Gott an irgend etwas anderem interessiert sein könnte, als seine ungezieferartigen Anhänger davon abzuhalten, ihren verderbten, sündigen Beschäftigungen nachzugehen. Erst als ich eine Predigt von John Collins über Jesu Gleichnis von den Schafen und den Böcken in Matthäus 25 hörte, begann mir zu dämmern, daß Jesus sich viel mehr für das interessiert, was wir *tun*, als für das, was wir nicht tun.

Jene Predigt war für mich ein sehr wichtiger Schritt auf dem Weg zu der Erkenntnis, daß Gott im Grunde nett ist und mich mag.

Das folgende ist ein Auszug aus einem Theaterstück mit dem Titel *Die Heimkehr*, das ich für die übergemeindliche Theatergruppe unserer Stadt geschrieben habe. Es handelt von dem *positiven Evangelium* Jesu, und ich habe nicht die Absicht, mich für seinen etwas offenen Ausgang zu entschuldigen.

Das Holzmännchen

A. Alles, woran ich denken kann, ist, wie verdorben ich innerlich bin. Da scheinen so *viele* Sünden zu sein. Wird man die eine los, taucht schon die nächste auf und füllt die Lücke aus. Ich glaube nicht, daß ich jemals gut genug sein werde, um irgend etwas wirklich Nützliches für Gott zu tun.

B. Niemand ist vollkommen, weißt du.

C. Na ja, jedenfalls niemand außer meinem Freund Donald. Er hat noch nie in seinem Leben eine Sünde begangen.

A. Es gibt niemanden, der noch nie etwas Falsches getan hat – oder?

C. Mein Freund Donald hat noch nie etwas Falsches getan. *(Pause)*

B. Er hat noch nie etwas Falsches getan? Ein perfekter Christ?

C. Mein Freund Donald – er wird gleich kommen, dann werdet ihr es selbst sehen –, er hat noch nie gestohlen, nie jemanden ermordet, niemals Ehebruch begangen, niemals jemanden beneidet, niemals eine Frau lüstern angesehen, nie auch nur eine einzige Lüge von sich gegeben, nie eine feige Tat begangen, niemals jemanden verletzt, niemals jemanden geschlagen, niemals jemanden geschubst, belästigt oder gehaßt –

A. Aber bestimmt –

C. Donald war niemals habgierig, faul oder geizig, hat nie seinen Abfall in die Landschaft geworfen oder ruhestörenden Lärm verursacht, ist nie mit zuviel Alkohol im Blut Auto gefahren oder hat das Eigentum anderer Leute beschädigt. Er hatte nie auch nur einen einzigen unfreundlichen Gedanken, er trägt niemandem etwas nach, klatscht niemals und ist nie unpünktlich oder anzüglich oder verleumderisch. Er hat niemals irgendeine Art von Konflikt verursacht, fortgesetzt oder gebilligt. Er beklagt sich nie, lästert nie, betrinkt sich nie, ißt nie zuviel, betet keine falschen Götzenbilder an, ist niemals gemein oder bedrohlich oder böswillig –

B. Aber ist das nicht –?

C. Donald sieht sich niemals unanständige Videos an, verurteilt aber auch nicht diejenigen, die es tun. Er richtet niemals und ist weder übermäßig sentimental noch streng noch unversöhnlich. Er ist niemals traurig, wütend, böse oder *(ringt nach Worten)* anti-orientalisch. Er raucht nicht, flucht niemals, ist niemals grob und starrt niemanden an. Donald hat noch nie auch nur eine einzige Sünde begangen. Ach, und noch eine Sache.

A. Ja?

C. Er kommt nicht in den Himmel. *(Pause)*

A. Warum nicht?

B. Vermutlich, weil er nicht gerade ein angenehmer Gesellschafter ist.

A. Nein, ernsthaft – warum nicht?
(C. verschwindet und erscheint wieder mit Donald, einer Holzfigur, in der Hand)

C. Weil er aus Holz ist.

B. Aber du hast doch gesagt –

A. Du hast doch gesagt, er wäre ein perfekter Christ.

C. Nein, habe ich nicht – das habt ihr gesagt. Ich habe euch nur von all den Dingen erzählt, die er noch nie falsch gemacht hat. Das Problem mit dem guten Donald *(Tätschelt ihn)* ist, daß er zwar tatsächlich noch nie irgendeine der Sünden, die ich aufgezählt habe, begangen, aber auch sonst noch nie irgend etwas getan hat. Er kann es nicht – er ist ja aus Holz. Also – *(Sieht A. an)*

A. Also ...?

C. Also würde es gar keine Rolle spielen, wenn du für den Rest deines Lebens nichts mehr falsch machen würdest. Es würde dich nicht zu einem Christen machen, und es würde dich auch nicht in den Himmel bringen.

A. Aber was bringt mich dann in den Himmel?

C. Tja, das ist eine *sehr* interessante Frage ...

Motivation

Nun ist wieder unser Schriftsteller an der Reihe. Nur ist es diesmal nicht Jane Drain, die ihn in Nöte bringt, sondern er selbst. Was ist seine wahre Motivation? Warum tut er das, was er tut? In was für einem Zustand ist er!

Ich erinnere mich, wie ich einmal einen Freund, den ich sehr schätze, fragte, wie er über Motivation denke. Er wies darauf hin, daß Jesus, als er Zachäus vom Baum herabrief, von ihm eigentlich nur wollte, daß er das Teewasser aufsetzte. Er verlangte nicht eine sofortige Veränderung der Lebensweise; das kam erst später als natürliche Folge des Gehorsams. Das scheint mir tatsächlich das Geheimnis zu sein. Wenn Ihnen eine Aufgabe gegeben wurde, dann machen Sie sich an die Arbeit und tun Sie sie, und überlassen Sie die Feinheiten Gott.

Echter Gehorsam kommt ebensosehr aus dem Herzen wie die anderen, gefühlsbetonteren Dinge.

Motivation

S = Schriftsteller
F = Freundin

F: Hallo, Rodney! Geht's dir gut?

S: Hallo, Viv – mmm, es gibt viele Dinge, für die ich dankbar sein darf.

F: Wie, so schlimm? Möchtest du vielleicht einen Moment lang aufhören zu jauchzen und mir sagen, warum du ein so trübsinniges Gesicht machst?

S: Ich weiß nicht, Viv, ich habe hier gesessen und versucht zu schreiben, und plötzlich dachte ich – warum mache ich das eigentlich? *(Klopft mit der flachen Hand auf die Seite)* Wer hat dieses Zeug eigentlich geschrieben, ich oder Gott?

F: Schauen wir mal. *(Liest)* „Fünf Pfund Kartoffeln, zweieinhalb Pfund Rosenkohl, sechs Eier und ein Paket Cornflakes." Das ist sehr tiefsinnig, Rodney; ich verstehe dein Problem. Sieht aber wie deine Handschrift aus.

S: Nicht meine Einkaufsliste, du Schlaubergerin. Ich rede von meinen Büchern –

F: Oh, Entschuldigung. Deine Bücher. Richtig.

S: Ich meine – *warum* schreibe ich überhaupt Bücher? Ich behaupte immer, daß ich es für Gott tue, aber stimmt das auch? Wozu mache ich das?

F: Vielleicht für Geld?

S: Ach, komm schon, Viv, du glaubst doch nicht ernsthaft, daß ich für Geld Bücher über Gott schreibe?

F: Womit bezahlen sie dich denn dann – mit Bananen?

S: Nein, aber ...

F: Neulich abends hast du mir erzählt – nach deinem vierten Glas von diesem Wein, von dem du sagtest, er hätte nur wenig Alkohol –, daß du jeden Morgen deine Post nach Schecks durchsuchst und daß dir dein Frühstück nicht besonders schmeckt, wenn keine dabei sind.

S: Das war nur die Wahrheit – ich meine, das war nur eine Übertreibung. Jetzt hast du mich ganz verwirrt.

F: Vielleicht ist es persönlicher Ruhm und Ansehen, Rodney.

S: Vielleicht ist *was* persönlicher Ruhm und Ansehen, Vivienne?

F: Na, du weißt schon, der Grund, warum du schreibst. Vielleicht schreibst du, damit alle Leute dich für einen wunderbaren Kerl halten?

S: Seit wann hast du schon diese Gabe der Ermutigung, Viv? Hör mal, *davon* habe ich doch nichts nach meinem vierten Glas Wein gesagt, oder?

F: Nein.

S: Oh, gut ...

F: Das war nach dem fünften –

S: Ach du meine Güte ...

F: Du sagtest, daß du hin und wieder in die nächste christliche Buchhandlung gehst und im Verzeichnis der neuen Veröffentlichungen nachsiehst, ob du aufgeführt bist.

S: *(Stöhnt!)* O nein, habe ich das wirklich gesagt?

F: Hat es etwa nicht gestimmt?

S: Na ja, so ganz unzutreffend war es nicht ... *(Sie lacht)* Dann glaubst du also nicht, daß irgend etwas Gutes und Reines mich zum Schreiben motiviert?

F: Das habe ich nicht gesagt.

S: Nein, aber du hast ein interessantes, verwickeltes Problem genommen und auf unerfreuliche Fragen wie Geld und Eitelkeit reduziert. Zum Kuckuck mit dir, Viv. Ich hatte wirklich Spaß an meinem Problem, bis du dahergekommen bist.

F: Hör mal, beantworte mir zwei Fragen, Rodney.

S: *(Schmollend)* Ich erinnere mich nicht, ein sechstes Glas getrunken zu haben ...

F: Nein – nein, hör mir doch zu! Glaubst du, daß Gott will, daß du Bücher schreibst?

S: Nun – ja, eigentlich schon. Ja, ich glaube ganz bestimmt – glaube ich. Nein, ich glaube es wirklich! Ich *glaube*, daß er will, daß ich Bücher schreibe. Warum?

F: *(Hält die Einkaufsliste hoch)* Wer wird diese Sachen hier einkaufen gehen?

S: Was?

F: Wer geht einkaufen?

S: *(Zuckt die Achseln)* Ich werde wohl eines der Mädchen losschicken. Ist etwas nicht in Ordnung damit?

F: Nein, aber solltest du dich nicht lieber überzeugen, daß sie auch die richtige Motivation hat, bevor sie geht? Hast du jemals Rosenkohl probiert, den jemand mit unklaren Motiven gekauft hat? Ekelhaft!
(Pause)

S: Viv.

F: Ja?

S: Verzieh dich – ich muß jetzt schreiben ...

ENDE

Glaubensbekenntnis

Als ich vor einigen Jahren in einer örtlichen Gemeinde sprach, hielt ich ein Puzzlespiel hoch, das ein Freund von mir, der weniger ungeschickte Hände hat als ich, eigens für diesen Anlaß angefertigt hatte. Es hatte die Form eines gewöhnlichen Rechtecks, doch in der Mitte des Puzzles befand sich ein großes, unregelmäßig geformtes Teil, das sich dennoch perfekt in die orthodoxer geformten Teile, die es umgaben, einfügte. Jedes dieser umgebenden Teile hatte selbst ein wenig unregelmäßig werden müssen, wenn auch nur an einer Seite. Ich wollte damit für das Akzeptieren und Tolerieren individueller Unterschiede zwischen den Mitgliedern einer Gemeinde werben und zum Ausdruck bringen, daß der dogmatische Rahmen unseres Glaubens durchaus in der Lage ist, Leute so zu halten und einzubeziehen, wie sie sind, und nicht so, wie sie sein sollten.

Zum Glück erlaubt uns Gott, so zu sein, wie wir sind, und versetzt uns in die Lage, uns dem anzunähern, wie wir sein sollten. Wir können ihm gegenüber ehrlich sein, was die Form unseres Glaubens angeht, selbst wenn er im Augenblick ein wenig unregelmäßig zu sein scheint. In einem bestimmten Augenblick meines Lebens hatte mein Glaube die Form, die in dem folgenden Gedicht beschrieben wird.

Glaubensbekenntnis

Mein Glaube fügt sich nicht in Worte.
Wie formuliert man Qual, Erregung, Freude, Trauer,
Erstaunen, Zorn, Unglaube und Gewißheit?
Wie dekliniert man jene wachen Nächte?
Wer war das Subjekt, wer das Objekt
eines Freundes, der nicht kommen will oder nicht kommt

und der dann seine eigne Morgensonne strahlen läßt,
blendendes Licht, das doch nicht blendet?
Warum finde ich dich an dunklen Plätzen ohne Worte,
wo ich mich zu verbergen suche vor deiner ewigen Stimme?
Ich hasse, liebe, vermisse, brauche dich, wünsche, du würdest geh'n.
Und doch weiß ich, daß du vor langer Zeit ein Märchen für mich schriebst,
über den Tag, an dem du einst dein Schwert ergreifen wirst
und dir den Weg bahnst durch das Dickicht, das um mich gewachsen ist.
Mit deinem Kuß weckst du die Schlafende, die auf den Prinzen wartet.
Ich wache auf und seh' in deine Augen und verstehe,
und dann zum ersten Mal bleib' ich nicht stumm
und kleide meinen Glauben in Worte.

Stärke und Verletzlichkeit

Die größte Schwäche ist die Furcht vor dem Schwachsein.

FRANZÖSISCHES SPRICHWORT

Stärke und Verletzlichkeit

Schon ziemlich zu Beginn meiner schriftstellerischen Tätigkeit wurde ich gebeten, an einer Veranstaltung namens „Take Seven" mitzuarbeiten. (Der Name bezog sich, glaube ich, auf die Anzahl der Ersatzzelte, die jede Familie wegen des entsetzlichen Wetters benötigte. Später wurde diese Art von christlichen Festivals zur Basis für den Abschnitt über „Laßt Gott herniederfahren und Wunder des Wachstums wirken!" im *Tagebuch eines frommen Chaoten.*) Ursprünglich war ich gefragt worden, ob ich interessiert wäre, die abendliche Talk-Show zu moderieren, aber meine Ideen, wie das ablaufen könnte, kamen nicht besonders gut an. Leider sagte man mir das nicht gleich. Statt dessen wurde vorgeschlagen, daß ich von erheblich *größerem* Nutzen sein könnte, wenn ich als Seminarredner zum Thema „Elternschaft" aufträte. Da ich selbst jahrzehntelange Erfahrung als rückgratloser Feigling habe, empfinde ich volles Mitgefühl mit der Person, die die Wahrheit auf diese Weise verbog. Er ist ein lieber, netter Kerl, und ich vergebe ihm vom Grunde meines Herzens. Außerdem lernte ich eine sehr wertvolle Lektion dort unten in Shepton Mallet, wie Sie noch sehen werden.

Da ich mich durch diesen Beweis des Vertrauens in meine Sachkenntnis als Elternteil geschmeichelt fühlte, erklärte ich mich bereit, zu einer großen Gruppe gläubiger Mamas und Papas über das Thema Kindererziehung zu sprechen. Es schien ganz leicht zu sein, solange ich noch zu Hause saß und es nicht tun mußte, doch als der Termin des Festivals immer näher rückte, geriet ich allmählich ernsthaft in Panik. Was hatte mich geritten, daß ich mir eingebildet hatte, ich hätte irgend etwas auch nur annähernd Hörenswertes über Kindererziehung zu sagen? Ich ließ meine Qualifikationen Revue passieren:

- Ich war selbst einmal ein Kind gewesen; aber das waren schließlich alle.
- Ich war von Eltern erzogen worden. Immerhin!
- Ich hatte selbst drei Kinder, doch obwohl ich sie sehr liebte und mochte, war die ganze Rolle eines Familienvaters für mich eine kolumbusartige Entdeckungsreise gewesen. Hinter meinem Wahnsinn stand keine Methode.

Sicher, ich hatte den größten Teil meines Berufslebens mit Heimkindern zugebracht, aber die Kenntnisse, die ich mir auf diesem Gebiet erworben hatte, schienen nicht auf das Elternhaus meiner eigenen kleinen Kinder übertragbar zu sein.

Niedergeschlagen kam ich zu dem unausweichlichen Schluß, daß ich nichts zu diesem Thema zu sagen hatte, auch wenn jene vertrauensseligen Mütter und Väter mich zweifellos für eine Art Experten darin halten würden. Wie naiv war ich damals! Später wurde mir natürlich klar, daß ein Christ, der eine gewisse Bekanntheit als Experte in der – sagen wir – Gärtnerei erlangt, beinahe zwangsläufig auch dazu eingeladen werden wird, über die Theologie der Einspritzmotoren zu referieren. Man kauft sich einfach ein paar Bücher, kritzelt ein paar Notizen zusammen, achtet darauf, sie reichlich mit gewichtigen Bibelversen zu garnieren, und schon kann man den Leuten alles erzählen, was sie hören wollen! Jeder kann das. Viele tun es. Doch ich als blutiger Anfänger wußte das nicht.

Dann kam mir ein neuer, schrecklicher Gedanke. Meine Kinder würden ja mitkommen, alle drei, als greifbares und sichtbares Anschauungsmaterial für die Wirksamkeit (oder Unwirksamkeit) meiner Rednerpultphilosophie. Ein Alptraum ergriff am hellichten Tag Besitz von meinem Verstand. Ich würde also da vorne stehen, auf der Bühne dieses riesigen, undichten Zeltes, und den Leuten ernste Vorträge über die verschiedenen Aspekte der Vaterschaft halten, und plötzlich würde ich merken, daß mein Publikum mir nicht mehr zuhörte. Statt dessen würden ihre Blicke gebannt an der offenen Zeltbahn hinter mir hängen, durch die meine Nachkommenschaft deutlich zu sehen sein würde, eifrig damit beschäftigt, sich draußen auf dem Rasen gegenseitig umzubringen. Mit grimmig entschlossenem Gesicht schüttelte ich den Alptraum ab und versammelte meine kleinen Lieblinge um mich. Sie saßen zu dritt in einer Reihe vor mir, während ich solchermaßen zu ihnen sprach:

„Hört zu! Papa muß Vorträge über Kindererziehung halten, ja? Also will ich keinen Ärger haben. Kapiert?"

„Ja, ja, ja!" riefen sie alle. „Wir werden brav sein, natürlich ..."

Die Zeit war gekommen, und wir brachen in unserem großen, alten Peugeot-Panzer auf. Der Wagen war bis zum Stehkragen vollgestopft mit Campingausrüstung, Kartons voller Lebensmittel, Kindern, diversen Sportgeräten und einer Menge übriggebliebenem Unrat von unserer letzten größeren Reise. Ich fahre nicht Auto. Meine Frau Bridget fährt immer. Ich navigiere. Mein ältester Sohn sagt immer, genausogut könnte man von einer Schnecke verlangen, den Weltrekord im Stabhochsprung zu überbieten. Er kann manchmal sehr albern sein.

Die Tatsache, daß uns schon nach etwa fünfzig Metern der Sprit ausging, machte mir nicht allzusehr zu schaffen. Schließlich war Bridget sozusagen der Kapitän des Schiffes, so daß wir ihr die Schuld in die Schuhe schieben konnten, und das taten wir auch.

Einige Zeit später jedoch wurde die Lage allmählich etwas ernster. Bridget hielt den Wagen an, wandte sich zu mir, der ich mit der Karte auf den Knien neben ihr saß, und sagte: „Adrian, warum wird diese Straße immer schmaler? Warum befinden wir uns in einem Dorf namens Funtington?"

Die Kinder hatten die ganze Zeit über gesungen: „Wir fahrn nach Shepton Mallet! Wir fahrn nach Shepton Mallet!“ Jetzt änderten sie den Text: „Wir sind in Funtington gelandet! Wir sind in Funtington gelandet!“

Alle Eltern wissen, wie wütend man werden kann, wenn man mit Kindern im Auto unterwegs ist. Das Fahrzeug verwandelt sich in einen grausigen, rotglühenden Ofen voller unmenschlicher Bestien, deren einziges Talent darin besteht, einen zu quälen. Ich wurde wütend auf die Kinder, weil ich mich schuldig fühlte, Bridget wurde wütend auf mich, weil sie der Meinung war, ich sollte lieber wütend auf mich selbst sein als auf die Kinder, und schließlich flüchtete ich mich in meine Schmollecke und hoffte, wenn ich irgendwann wieder daraus zum Vorschein käme, würden alle vergessen haben, daß alles meine Schuld war.

Vergessen wir die weiteren Einzelheiten dieser idyllischen kleinen Familienszene: Als wir in Shepton Mallet ankamen, befand sich der Plass-Clan in einem üblen Zustand. Als wir durch das Haupttor des Festivalgeländes kamen, fragte der Junge, der die Tickets kontrollierte, im freundlichsten Tonfall: „Sprechen Sie hier über irgend etwas?“

„Ja“, knurrte ich giftig zurück, „KINDERERZIEHUNG!“

Ich dachte mir, der beste Weg, um die Harmonie wiederherzustellen, wäre, das Zelt aufzustellen, eine schöne, gemeinschaftliche Aufgabe. Ja, Sie haben recht – ich habe keine Ahnung, *weder* vom Camping *noch* von gemeinschaftlichen Aufgaben. Das seltsame, kürzlich erworbene, entsetzlich schwere Paket Zeltleinwand, das wir aus dem Heck unseres erschöpften Autos zerrten, hatte keinerlei Ähnlichkeit mit irgendeinem Zelt, das ich schon einmal aufgestellt hatte. Es war wie ein totes Ding, das in den Himmel entfleucht war und keine Lust hatte, sich wieder zum Leben erwecken zu lassen. Als wir endlich auseinanderklamüsert hatten, was wohin gehörte, zeigte sich, daß Papa (ich) vergessen hatte, eine entscheidend wichtige Stange mit einzupacken. Meine Familie stand um mich herum und starrte mich an wie ein elektrisches Gerät, das nun endgültig nicht mehr zu reparieren ist. Mein ältester Sohn zog los und schaffte es irgendwie, einen überzähligen Stab zu schnorren, der unser Zelt (und unsere Ehe) für den Rest der Woche aufrechthielt. Die Stimmung war düster.

Als der Morgen kam, war ich am Boden zerstört. Allein der Gedanke, mich da vor all diesen christlichen Eltern aufzustellen, war einfach unerträglich. Wenn Sie jemals Leuten etwas von Gott erzählen mußten, unmittelbar nachdem Sie sich einem engen Familienmitglied gegenüber mies benommen haben, dann wissen Sie genau, was ich meine. Man will sterben, aber man kann es nicht.

Ich stand also auf, die Faust um ein Stück Papier geballt, auf dem neunzehn wunderbare, glänzende Gedanken darüber, wie man sich als guter Vater zu verhalten habe, aufgelistet waren. Ich warf einen Blick darauf, bevor ich zu reden begann, und sagte im stillen zu mir selbst: „Also, davon kannst du nicht einen einzigen bringen."

In diesem Augenblick schien eine leise Stimme zu mir zu sagen: „Warum sagst du nicht einfach die Wahrheit?"

„Nein", sagte ich zu mir, „wir sind in der Kirche jahrelang ohne die Wahrheit ausgekommen. Warum sollte ich jetzt auf einmal alles verderben?"

Doch ich beschloß, es trotzdem zu versuchen. Ich schilderte den Anwesenden die Ereignisse der letzten vierundzwanzig Stunden. Ich erzählte von meiner schlechten Laune und meiner Schmollerei. Ich gestand, daß ich mich zu allem möglichen qualifiziert fühlte, aber nicht dazu, salbungsvolle Reden über Kindererziehung zu halten. Ich dachte, das zieht die Leute bestimmt herunter, aber so war es nicht. Sie hätten sehen sollen, wie sich ihre Gesichter aufhellten! Offenbar war keiner von ihnen scharf darauf, seine eigenen Fehler in neunzehn leicht verständlichen Abschnitten aufgelistet zu hören! *Ich* wäre darauf auch nicht erpicht gewesen. Was diese Leute wirklich brauchten, war die Erlaubnis, sich verletzlich zu zeigen, und mein Eingeständnis meines Versagens hatte ihnen genau diese Erlaubnis gegeben. Eltern zu sein kann manchmal eine sehr schmerzhafte Sache sein. Das letzte, was die meisten von uns gebrauchen können, ist, uns auch noch von strahlenden, fehlerlosen Leuten einschüchtern zu lassen.

Durch dieses Erlebnis auf dem „Take-Seven"-Festival fing ich an zu begreifen, daß Verletzlichkeit weniger eine Schwäche als vielmehr eine Stärke ist. Das gilt für die öffentliche Verkündigung ebenso wie für den Verkauf von Kohlköpfen. Hier kommt die zweite Charge.

Sorge

Jesus hat ziemlich darauf herumgehackt, daß wir uns keine Sorgen machen sollen, nicht wahr? Stürme, Nahrung, Kleidung, was wir sagen sollen, wenn wir zur Rede gestellt werden, böse Dinge, die andere Leute über uns sagen, selbst der Tod – das sind nur einige der Dinge, über die wir nicht in Panik geraten sollen. Ich denke, wenn wir ebensoviel Einblick in die Welt des Geistes hätten wie unser Meister, dann wären wir schnell dabei, dergleichen Sorgen auf unserer Prioritätenliste ganz nach unten zu schieben.

Doch wie die Dinge liegen, drehen sich viele von uns in einem ewigen Kreislauf von Sorgen, oftmals um Dinge, die beinahe mit Sicherheit niemals eintreffen werden. Es läßt sich leicht sagen, daß wir uns solche Sorgen nicht machen sollten, aber *wie* können wir denn diesen Kreislauf durchbrechen und frei werden?

Wie immer (wenigstens bin ich konsequent) habe ich darauf keine leichten Antworten, nur ein paar Anregungen.

Erstens sagte Jesus, daß es die Wahrheit (oder „Wirklichkeit", wie es sich richtiger übersetzen läßt) sein wird, die uns frei macht. Vielleicht gewinnen wir, wenn wir die Evangelien noch einmal betend lesen, eine neue Einsicht, was Wirklichkeit eigentlich bedeutet. Seien wir nicht albern – niemand schüttelt eine festgefahrene Gewohnheit, sich Sorgen zu machen, einfach ab, nur weil jemand sagt, daß uns das nicht guttut. Wir brauchen eine echte Veränderung unserer Perspektive und wahrscheinlich auch eine Berührung des Geistes, bevor sich da etwas Radikales tun kann.

Zweitens erfordert die „Wahrheit", daß wir uns ehrlich anschauen, worin unsere Sorgen eigentlich bestehen. Wenn wir uns ihnen gestellt haben, (vielleicht) mit etwas mehr Mut als sonst, können wir vielleicht mit einem anderen Menschen über sie reden, und das könnte der erste Schritt zu einem Fluchtplan sein.

Man kann sein ganzes Leben durch Sorge vergeuden – um die falschen Dinge?

Sorge

Kein Einbrecher kam gestern nacht,
wie auch schon keiner in der Nacht davor
und allen Nächten, seit ich denken kann,
kein Einbrecher mal wieder.
Obwohl ich lauschte, so wie ich es immer tue,
haben sie wieder nicht den rostigen Riegel
an der Gartentür geölt
hinter dem Schuppen an der Seite,
und wieder hörte ich sie nicht im Hof in irgendeiner
angsterfüllten Stunde.
Es war das Ticken einer Uhr an meiner Wand,
das klang wie heimtückische Schritte, weit entfernt.
Sie schlichen nicht herein,
die blicklose Brutalität gedämpft zu leisem Flüstern,

standen nicht über mir,
mich zu bedrohn mit häßlichen Verheißungen,
berauscht vom Duft der ohnmächtigen Furcht.
Noch schnitten sie sodann mit Waffen,
die ich sanft in ihre Hände legte,
aus meinen angstgefrornen Eingeweiden
das Kind,
das sich seiner Geburt so lange nun schon widersetzt.
Sie kamen nicht.
Sie waren gestern nacht wieder nicht hier.
Und was, wenn sie nun niemals kommen?
Nächte vergeudet – hätte schlafen können.
Doch ich bin sicher, hätte ich geschlafen,
so wären diese Einbrecher gekommen.
Ja, dann wären sie gekommen.

Strahlen

Ich wünschte, ich hätte nicht so großen Appetit auf Klatsch.

„Adrian, ich habe das Gefühl, ich sollte dir etwas über Mavis sagen, aber mir liegt sehr daran, daß du nicht denkst, ich verbreite nur Geschichten, weil es mir Spaß macht. Wir haben Mavis beide sehr gern, und ich weiß, daß es auch dir nur um ihr Wohlergehen geht. Du verstehst mich doch richtig?"

Oh, ja, ja, ja, ja, ja! Tausendmal ja! Natürlich verstehe ich dich richtig, wer immer du bist. Bring mir die ganze schmutzige Wäsche von Mavis, und wir können es nennen, wie du willst. Ich werde meinen reifen, nicht verurteilenden, ernsthaft besorgten Gesichtsausdruck aufsetzen; also los – was hat sie gemacht, hm?

Meine Frau, die mir über die Schulter sieht, während ich dies schreibe, meinte gerade, ich ginge etwas zu hart mit mir selbst ins Gericht.

„Ich stimme den meisten negativen Dingen zu, die du über dich selbst schreibst“, sagt sie (danke vielmals, Liebling), „aber du hast an dieser Sache mit dem Klatsch hart gearbeitet. Ich glaube, du machst das jetzt nicht mehr.“

„Im Gegensatz zu manchen anderen Leuten, die wir nennen könnten, was?“ erwidere ich.

Sie ist gegangen, leicht beleidigt.

Aber ich glaube, Bridget hat recht. Obwohl der Appetit immer noch unvermindert da ist, habe ich versucht, mir anzugewöhnen, auf Kritik immer mit Lob zu antworten und einfach nicht mitzumachen, wenn jemand angeschwärzt werden soll. Manchmal habe ich noch Rückfälle, aber es tut mir selbst so weh, wenn ich höre, daß andere das mit mir machen, daß ich es keinem anderen antun möchte.

In einer Gemeinde ist Klatsch tödlich, eine jener schädlichen, schwarzen Flüssigkeiten, die in das Vakuum einsikkern, das durch die Abwesenheit von Mut, Geborgenheit und Wirklichkeit entsteht. Irgendwo habe ich einmal gelesen, Klatsch sei eine psychosoziale Notwendigkeit. Ich weiß zwar nicht genau, was damit gemeint ist – aber ich sehe es anders. Klatsch ist eine schlimme Sache.

Strahlen

A: Ich habe gerade was gesehn,
das solltet ihr erfahren,
es ist nur zum Gebet bestimmt,
drum müßt ihr es bewahren.
Ich sah den jungen Martin Klimt
mit Erna Poggenpuhl.
B: Du meinst, die haben ’ne Affäre?
C: Hieß es nicht, er sei schwul?
A: Das war er auch bis letzte Woche,

	doch nun, durch unser lieben- des Beten, ist er ganz geheilt.
C:	Wir ham's wohl übertrieben.
B:	Ich mag den alten Martin wirklich.
A:	Ein prima Kerl!
B:	Ganz klar!
A:	Warum kann er sich nicht beherrschen?
C:	Er trinkt manchmal ein paar.
B:	Doch uns steht es nicht zu zu richten.
A:	Nein! Wir sind selbst nicht besser. Wir sitzen alle im selben Boot.
C:	Doch nicht so tief wie er . . . He, Martin, nett, dich hier zu sehn!
B:	Schön, daß du da bist, Mann.
A:	Wir haben grad' für dich gebetet.
Martin:	Ich bin etwas spät dran. Ich hatte mit Frau Poggenpuhl im Krankenhaus zu tun.
A/B/C:	Ah!
Martin:	Ihr Mann ist in Behandlung dort, und sie besucht ihn nun.
A/B/C:	Oh!
Martin:	Doch hört mal zu – ganz unter uns, nur zum Gebet, wie immer: Ratet, wen ich gesehen hab' dort in dem Wartezimmer.
A/B/C:	Wen?
Martin:	Wer glaubt, Krankheit bei einem Christen sei niemals Gottes Wille? Wer glaubt, Gebet und etwas Öl sei besser als 'ne Pille?
A:	Mildred Smith!
B:	Ein frommes Weib!
A:	Hoffnungsvoll und barmherzig!
B:	Ihr Glaube ist gewiß und stark.

A: Sie ist gut.
B: Sie ist nett.
C/Martin: Sie irrt sich.
A: Ah, Mildred, gerade recht zum Beten!
Nett, daß du kommst, wie schön.
Mildred: Ich war gerade im Krankenhaus.
Martin: Ich hab' dich dort geseh'n.
A: Stimmt was nicht, Mildred?
B: Wir sind besorgt.
C: Du kannst dich offenbaren.
Mildred: Ich mache donnerstags Besuche,
das tu ich schon seit Jahren.
Martin: Oh!
Mildred: Doch etwas muß ich noch erzählen,
nur als Gebetsanliegen . . .
A: Ist es etwas Vertrauliches?
B: Du weißt, wir sind verschwiegen!
Mildred: Der Pfarrer sieht verzweifelt aus,
der Mann hat niemals frei!
Vor lauter Diensten und Besuchen . . .
C: Bei *mir* kommt er nie vorbei.
Mildred: Er sagte, er sei ausgebrannt,
doch bitte, keinen Ton!
A: Nein!
B: Keinesfalls!
Martin: Wir schweigen still.
C: Wo steht das Telefon?
A: Beten wir!
B: Herr, behüte uns!
C: Vergib uns unsere Schuld,
Martin: wie wir auch unsern Schuldigern,
Alle: und hab' mit uns Geduld!

Postboten

Wenn wir schon in Metaphern schwelgen, wie es scheint, muß ich wohl sagen, daß meine Frau der wichtigste „Postbote“ in meinem Leben war.

Als Bridget und ich in Greenbelt ’91 einen Abend im Theaterzelt gestalteten, trug das Programm den Titel „Mrs. Plass und ihr Mann“.

Bridget kam als erste auf die Bühne und rezitierte die folgenden Zeilen:

Hinter den größten Männern, sagt man,
steht voller Demut eine Frau
und dient dem großen Denker, den sie sich
erwählte.
In allen meinen Mädchenträumen
sehnte ich mich stets nach einem solchen Mann,
statt dessen war es Adrian, mit dem ich mich
vermählte.
Vielleicht fehlt mir die Demut,
vielleicht bin ich zu stolz,
doch wenn ich hinter ihm hier stehen würde,
so wär’ die Bühne voll
von seiner umfangreichen Leibesmitte,
so daß man mich nicht sähe hinter jener Hürde.
Fragen verfolgen mich im Schlaf:
Wie geht es Gerald? Gibt’s die Flushpools
wirklich?
Ich mag den Mönch,
kommt er aus eurer Stadt?
Wie kommt es, daß du Bridget heißt statt Anne?
Was Leonard wohl mit eurer Katze angefangen hat?
Die unter euch, die meinen
(und davon gibt’s vielleicht ein paar),
es wär’ mein höchstes Glück, Frau Plass zu sein:

Der Mann hat eine scheußliche Gewohnheit,
die euch den kalten Schreck einjagen wird:
Er –

An dieser Stelle betrat ich die Bühne, gerade rechtzeitig, um die grauenhafte Offenbarung im Keim zu ersticken. Aber diese kleine Frotzelei hat einen wahren Kern. Bridget ist für mich stets eine unerschöpfliche Quelle der Unterstützung und der Kraft gewesen, und ganz abgesehen davon, daß sie jene scheußlichen Gewohnheiten ertragen hat, die sie beinahe erwähnt hätte, war sie in meinem Leben immer der verläßlichste Postbote von allen und lieferte mir in unzähligen Situationen den gesunden Menschenverstand und die Sichtweise Gottes.

Und nun ist es an der Zeit, daß ich mir die Maske vom Gesicht reiße und meine Postabhängigkeit gestehe. Seien Sie stark – es ist keine erbauliche Geschichte.

Postboten

Ich bin postsüchtig geworden. Ich kann nicht mehr ohne meinen täglichen Schuß leben. Sonntage sind ein Alptraum. Was soll aus mir werden?

Dabei gefällt mir vieles von meiner Post nicht einmal, wenn ich sie dann bekomme. Rechnungen sind lästig, Rundschreiben sind langweilig, Briefe, in denen ich gefragt werde, warum ich auf die letzten beiden Briefe nicht geantwortet habe, verursachen Schuldgefühle, und Einladungen, in ein Hotel am Ort zu kommen und mir auf einer Verkaufsveranstaltung meinen Preis abzuholen, bringen mich zu schäumender Raserei.

Warum also läuft mir jeden Morgen ab acht Uhr dreißig im Geiste das Wasser im Mund zusammen? Warum marschiere ich vor dem Fenster des Wohnzimmers im ersten Stock rastlos auf und ab und spähe sehnsüchtig die Straße entlang in die Richtung, aus der normalerweise der Postbote kommt? Warum vollführt, wenn dann der Hund ausrastet und der Briefschlitz klappert und die Post mit einem dumpfen Schlag auf der Fußmatte landet, mein Herz vor Freude und Erwartung einen Sprung? Teilweise, nehme ich an, liegt die Antwort in der Zufälligkeit der Post – es könnte alles mögliche kommen, von allen möglichen Orten und allen möglichen Leuten. Sie ist eine regelmäßige Quelle des möglicherweise Unerwarteten in einem Leben, das ansonsten, mit vier schulpflichtigen Kindern, notwendigerweise so geordnet abläuft, wie es für Leute von unserem Schlag nur möglich ist.

Zudem liegt es daran, daß ich, wie mein ältester Sohn eilends hinzufügen würde, anfällig dafür bin, verrückte Besessenheiten zu entwickeln. Derselbe älteste Sohn, wohl wissend, daß ich wie ein durstiger Hund nach meiner täglichen Dosis Episteln hechele, springt manchmal zur Haustür, bevor ich es dorthin schaffe, rafft mit einer geübten Bewegung die Post zusammen und zieht sich damit in sein Zimmer zurück. Dort kann er sich sodann hinter hastig errichteten Barrikaden an dem Türkratzen, dem Geheul und den blutdürstigen Drohungen seines erbarmungswürdigen, debilen Vaters ergötzen, der nach dem jammert, was er nicht hat. Eines Tages werde ich *ihn* durch den Briefschlitz quetschen.

Meine Manie erreichte ungeahnte Höhen, als an einem früheren Wohnort meine fiebernde Einbildung auf den Gedanken verfiel, daß verschiedene Postboten verschiedene Arten von Post brachten. Derselbe Teil von mir wußte natürlich, daß das unmöglich der Fall sein konnte, aber manchmal erschienen die Indizien überwältigend.

Es gab drei Postboten.

Der erste, der auch am regelmäßigsten kam, war ein großväterlicher, älterer Mann mit freundlichen Augen und einer zwanglosen, wohlwollenden Aura. Er schob auf seiner „Runde", wie es, glaube ich, genannt wird, einen Rollwagen vor sich her und schien niemals in Eile zu sein. Stets war Verlaß darauf, daß dieser vorzügliche Postbote dicke Schecks, warmherzige Briefe von alten, lieben Freunden und Einladungen zum Abendessen bei angenehmen Menschen brachte. Wie ein Weihnachtsmann des Postwesens hatte er nichts als Leckereien in seinem Sack.

Der Mann, der regelmäßig die zweite Post brachte, war von völlig anderer Art. Zum einen war er sehr viel jünger, nicht älter als neunzehn oder zwanzig, und sein Benehmen war von einer Achtlosigkeit, die an Leichtfertigkeit grenzte. Oft sah ich von meinem Posten am oberen Fenster, wenn die Zeit der zweiten Postauslieferung nahte, seine leichtgewichtige junge Gestalt am Ende unserer Straße auf seinem Fahrrad um die Kurve schwingen und beobachtete, wie er sodann freihändig und mit einem verträumten Lächeln auf den Lippen die gerade Strecke entlangradelte. Ich wäre jede Wette eingegangen, daß er in einer von wenig musikalischem Können, aber höchstem Ehrgeiz beflügelten Rockband mitspielte.

Die Post, die er brachte, war erbärmlich – voraussehbar. Er brachte Gutscheine, für die man zehn Pence Rabatt auf bekannte Waschmittelmarken bekam; große, eindrucksvoll aussehende Umschläge mit riesigen Aufdrucken, die einem entgegenschrien, daß man wahrscheinlich fünfzigtausend Pfund gewonnen hätte, nur daß man natürlich wußte, daß es nicht so war; unverschlossene braune Umschläge mit dem vierteljährlichen Mitteilungsblättchen der Ruheständlervereinigung, adressiert an den vorletzten Bewohner unseres Hauses. Er gab sich einfach keine Mühe. Er war nicht aus dem Holz geschnitzt, aus dem man Postboten macht.

Der dritte war der schlimmste von allen! Er half aus, wenn der ältere Mann krank oder im Urlaub war, und mir graute vor seinem Kommen. Klein, dünn, von entsetzlich korrekter und erbarmungslos strenger Haltung, war er, wie wir zufällig wußten, Mitglied einer kleinen, aber sehr strengen religiösen Gemeinschaft, die sich jeden Sonntag in einer kleinen, verrosteten Blechbaracke am anderen Ende der Stadt versammelte.

Während der Wochen, in denen er uns die Post brachte, schien unsere Versorgung mit dicken Schecks und warmherzigen Briefen schlicht zu versiegen. Ich weiß auch, warum – sie wären nicht gut für uns gewesen. Statt dessen brachte er uns scharfkantige Umschläge mit wutschäumenden Rechnungen, Postkarten von der Stadtbibliothek, die uns zur Rückgabe ausgeliehener Bücher aufforderten, Briefe von der Bank, die uns fünfzehn Pfund für die Information berechnete, daß wir kein Geld hatten, und geifernde Mitteilungen von Mitgliedern obskurer Sekten, die mich, nachdem sie eines meiner Bücher gelesen und mißbilligt hatten, darauf hinweisen wollten, daß ich eine Ewigkeit voller Qualen bei Satan verbringen würde, falls ich nicht ein Leben lang voller Qualen bei ihnen verbrachte.

Er war ein schrecklicher Postbote!

Und warum erzähle ich das alles? Nun, es ist eigentlich ganz einfach. Ich habe mich über die drei Postboten geirrt. Es war alles nur Einbildung. Sie brachten alle dieselbe Auswahl an Post, weil sie alle bei derselben Firma angestellt waren. So sehr ich es mir auch anders gewünscht haben mochte, ihr Charakter und ihr Temperament waren vollkommen bedeutungslos für die Sendungen, die sie ablieferten.

Manchmal bin ich versucht, Botschaften zu ignorieren, wenn sie mir durch eine Person oder eine Gemeinde vermittelt werden, die nicht nach meinem Geschmack sind, in meinem Fall besonders, wenn es jemand ist, der mich gut kennt und oft mit mir zu tun hat.

Hüten wir uns davor! Gott ist der Absender der Botschaften *und* der Chef des gesamten Auslieferungsdienstes. Wir anderen sind nur Postboten.

Tischgebete

Ein Freund rief mich an und fragte, ob es mir wohl möglich wäre, ein Tischgebet zu schreiben, das auf der örtlichen Versammlung der Gastwirte gesprochen werden könnte. Natürlich war es mir ein Vergnügen, etwas für Leute zu schreiben, die wahrscheinlich noch nie von Graham Kendrick gehört hatten – geschweige denn von Adrian Plass.

Was entgeht uns doch alles an Farbigkeit und Lebendigkeit dadurch, daß wir dem, was wir argwöhnisch „die Welt" nennen, so geflissentlich aus dem Weg gehen.

Natürlich war meine völlige Unkenntnis in Sachen alkoholischer Getränke ein schweres Hindernis, aber nach langem, angestrengtem Nachdenken fiel mir plötzlich ein, daß mein Freund Eric Delve erwähnt hatte, er habe einmal in einer Gastwirtschaft in Godalming ein kleines Gläschen Portwein zu sich genommen. Eilends rief ich ihn an und stellte zu meiner Erleichterung fest, daß er sich an den Vorfall noch deutlich erinnern konnte. Was für ein fabelhaftes Gedächtnis er hat! Noch nach so langer Zeit konnte sich Eric an die Namen mehrerer Getränke erinnern, die von anderen Gästen der Schenke bestellt worden waren.

Sogleich machte ich mich an die Arbeit, doch nachdem ich das Tischgebet für die Gastwirte beendet hatte, war ich so in Fahrt, daß ich gleich noch eines für die Taxifahrer schrieb. Als ich damit fertig war, hatte mich die Manie vollends gepackt, und ich setzte gleich noch etwas Passendes für die Angestellten der British Rail darauf. Als meine Frau hereinkam, sah ich sie mit wirrem Blick an und hielt eine Liste von mindestens fünfzig weiteren Berufen hoch.

„Sieh mal", sagte ich, „ich werde ein Tischgebet für jeden einzelnen davon schreiben und wenn es Wochen –"

„Drei sind genug, denke ich", sagte meine Frau.

Hier sind sie. Ich mache noch ein paar, wenn meine Frau nicht zuschaut.

Tischgebete

1) FÜR GASTWIRTE:
Herr, wir sind versammelt hier,
Pils und Altbier, Kölsch und Weizen.
Von jetzt an bis zur letzten Runde
gib, daß wir nicht mit Nachschub geizen.
Auf dem Pfad der Tugend uns erhalte,
der Schutz der Jugend bei uns walte,
die durst'ge Kehle nie erkalte.
Wir danken dir dafür. Amen.

2) FÜR TAXIFAHRER:
Wir sagen dir jetzt herzlich Dank
für unser Taxameter.
Was draufstand, essen wir jetzt auf,
das Trinkgeld kommt erst später. Amen.

3) FÜR ANGESTELLTE DER BRITISH RAIL
Herr, bewahre diese Speisen
vor Hindernissen auf den Gleisen,
wie Knochen, Splittern oder Gräten
so daß sie sich nicht verspäten,
sondern ohne Aufenthalt
in den Magen kommen bald.
Hilf uns, daß wir nicht gefräßig,
sondern pünktlich fahrplanmäßig
sind, und bitte lasse
uns verdauen erster Klasse. Amen.

Lewis und ich

Vielleicht fällt es Ihnen nicht ganz leicht zu glauben, daß die kleine Geschichte, die ich Ihnen jetzt gleich erzählen will, der Wahrheit entspricht. Ich verstehe das sehr gut, aber bitte versuchen Sie trotzdem, gegen diesen Mangel an Vertrauen in Ihrem Innern anzukämpfen. Vor allem denken Sie bitte nicht, ich wolle aus dem Lewis-Boom Profit schlagen, wie es so viele andere Leute getan haben. Wir christlichen Schriftsteller haben keine Scheu, offen zu unseren persönlichen Begrenzungen zu stehen, wissen Sie. Ha! Allein der Gedanke!

Immerhin *hätte* ich ihm begegnen können.

Können Sie beweisen, daß ich ihm *nicht* begegnet bin?

Er war während meiner Lebenszeit noch am Leben, also *hätte* ich ihm begegnen können.

Waren Sie dabei, als ich ihm *nicht* begegnet bin? (Nicht, daß ich ihm nicht begegnet wäre – ich bin ihm begegnet.)

Ach was, wenn Sie so darüber denken – es *zwingt* Sie ja niemand, es zu lesen.

Ach, kommen Sie – nun lesen Sie es schon.

Lewis und ich

Ich danke Gott, daß ich zurückhaltender bin als andere Menschen.

Trotz einer Flut höchst attraktiver Angebote von großen, internationalen Verlagen habe ich mich bis heute geweigert, die vertraulichen Einzelheiten meiner Begegnung mit C. S. Lewis zu schildern oder zu erörtern. Die Erinnerung daran ist mir heilig, und hätte ich nicht in letzter Zeit eine konkrete Führung in dieser Richtung empfunden, so hätte ich meine Geheimnisse mit Freuden mit ins Grab genommen.

Nun denn: Ich war an einem kalten, stürmischen Herbstnachmittag in Oxford gerade dabei, in einer kleinen, aber interessanten Bäckerei nahe der Stadtmitte einen frischen Sahnekrapfen zu erstehen, als ich plötzlich den großen Denker und Schriftsteller im Eingang eines Schuhgeschäftes auf der anderen Straßenseite stehen sah.

Wie Sie sich vorstellen können, stand ich während der gesamten neunzig Sekunden, die vergingen, bis ein Wagen vorfuhr und den Schöpfer Narnias in eine andere Welt transportierte, wie gebannt da. Kaum fähig zu glauben, was sich gerade ereignet hatte, nahm ich einen Stift aus der Tasche und erbat mir eine Papiertüte von dem Mädchen, das mich bedient hatte. Mag sein, daß die strahlende Dringlichkeit in meinem Gesicht sie beeindruckte; jedenfalls drückte sie mir eine in die Hand und zog sich sodann in einen hinteren Raum oder Bereich des Geschäftes zurück.

Jene Papiertüte liegt, bedeckt mit hastig gekritzelten Notizen, nun vor mir und ruft Erinnerungen wach, so frisch wie die Sahne in jenem Krapfen, den ich vor langer Zeit verzehrte, doch niemals wieder vergaß.

Lewis stand (wie ich meinen Notizen entnehme) mit dem Gewicht gleichmäßig auf beiden Beinen verteilt – wie passend! Mit einem Bein stand er im Reich der Phantasie und mit dem anderen exakt ebenso fest in der Wirklichkeit dessen, was *ist* und nicht ignoriert oder verändert werden kann. Gleichzeitig war es auch das Gleichgewicht zwischen akademischer Brillanz und jenem ach! so nützlichen Bewußtsein, daß große Wahrheiten von großen Geistern mit großer Schlichtheit weitergegeben werden müssen. Ohne beiläufigen Ereignissen zuviel Bedeutung zumessen zu wollen, erschien es mir doch, daß eine, wie soll ich sagen? gleichnishafte Synchronizität in Lewis' Entscheidung lag, seine Stellung vor einer Einrichtung zu beziehen, in der Fußbekleidungen feilgeboten wurden. Denn er selbst half durch seine Werke vielen Menschen, geflügelte Sandalen anzulegen, nicht die des Hermes, sondern die des freien, ungehinderten Zuganges zu den Dingen Gottes. (Es ist in diesem Zusammenhang interessant, darauf hinzuweisen, daß unmittelbar nach Lewis' Abfahrt – der Laden schloß!)

Tränen und Marmelade machen meine nächste Notiz teilweise unleserlich, doch das Bild vor meinem geistigen Auge ist zu deutlich, als daß mich die Erinnerung im Stich lassen könnte. Lewis streckte seine rechte Hand aus – die Handfläche nach oben gekehrt – und blickte volle fünf Sekunden lang oder noch länger unverwandt zum Himmel empor.

Ja, die Gewitterwolken zogen sich zusammen, und ja, die ersten, vereinzelten Tropfen des Oktoberregens (Gottes „natürlicher Taufe", wie G. K. Chesterton einmal sagte) begannen, in stetigem Rhythmus auf die Hand zu fallen, die schon so viele und vielfältige literarische Werke mit sicherem Griff niedergeschrieben hatte.

In jenem Moment schien ich gleichzeitig ein Widerstreben und ein Sichfügen wahrzunehmen in Lewis' Reaktion auf die rauhen Winde der Anfeindungen, der Kritik und des Selbstzweifels. Er schloß einen Knopf seiner Jacke – aber nur *einen.* Mit leicht gerunzelter Stirn sah er zu den Wolken hinauf, doch beinahe sofort zog er sich tiefer in den Schutz des Ladeneinganges zurück, vielleicht instinktiv auf der Suche nach der umgebenden Geborgenheit jener Symbole des individuellen Vorwärtskommens, mit denen die Schaufenster links und rechts von ihm angefüllt waren. Aus der sozusagen in die Fenster eingerahmten Wärme der Popularität würde er sich furchtlos (Lewis hatte *keinen* Schirm bei sich) wieder in die Rauheit und die Ablehnung und die Schwierigkeiten hinauswagen können.

Angefüllt von der Bedeutungsschwere dieser einzigartigen Einsichten, meinen Krapfen immer noch unberührt, wagte ich es kaum, hinzusehen, als der letzte Akt dieses faszinierenden Dramas sich zu entfalten begann. Ohne jegliche Vorwarnung hob Lewis das linke Handgelenk, schirmte seine Armbanduhr mit der Rechten ab und betrachtete sie eine oder zwei Sekunden lang aufmerksam, bevor er den Kopf hob und nickte, als wollte er sagen: „Ja, es ist Zeit."

Und natürlich war es Zeit. Es war Lewis' Zeit. Es war meine Zeit. Es war und ist und bleibt die Zeit all jener Generationen, die von dem Vermächtnis eines solchen Genies gezehrt haben und zehren werden und müssen. Mit einem Lächeln von unendlich anrührender Traurigkeit begrüßte Lewis die Ankunft des Fahrzeuges, auf das er wartete, einem Lächeln, das Abschied nahm vom *Soeben*, das *Jetzt* willkommen hieß und sich geduldig ins Harren auf das *Noch nicht* fügte.

Es war ein hohes Vorrecht, an jenem Tag dort zu sein, und es überrascht mich nicht im geringsten, daß die Reaktionen auf das Bekanntwerden dieses einzigartigen Erlebnisses durchweg negativ waren. In Amerika wurde bereits ein Artikel veröffentlicht, in dem behauptet wird, Lewis hätte an dem fraglichen Tag in einem ganz anderen Land vor Hunderten von Menschen gesprochen, doch das, fürchte ich, ist nur die Stimme der Eifersucht, die da über den Atlantik krakeelt.

Im nächsten Jahr möchte ich einen Aufsatz veröffentlichen, in dem ich Stil und Inhalt einer Nachricht untersuche, die Lewis in den späten fünfziger Jahren für seinen Milchmann hinterließ. Ich bin zutiefst überzeugt davon, daß dieses erst kürzlich entdeckte Dokument über jeden vernünftigen Zweifel hinaus erweisen wird, daß C. S. Lewis mit einem obsessiven Drang, die Arbeitsgewohnheiten anderer zu kontrollieren, zu kämpfen hatte.

Wahre Gelehrte werden diese Enthüllungen nur begrüßen können.

Engel

Ich weiß nur sehr wenig über Engel. Ich weiß, daß sie Gottes Boten sind – oder mehr als Boten. Ich weiß, daß sie kämpfen, trösten und schützen und daß es vorkommen kann, daß wir sie beherbergen, ohne es zu wissen.

Außerdem weiß ich, daß sie gerne die Möglichkeit hätten, Söhne und Töchter Gottes zu werden.

Ich frage mich, ob einige von ihnen vielleicht einige Zeit brauchen, um ihre Begrenzungen zu akzeptieren? Meinen Sie, Gott wird mir vergeben, wenn ich eine kurze, scherzhafte Spekulation wage? Ich hoffe es, denn hier kommt sie.

Engel

Zwei Engel unterhielten sich im Wartezimmer eines Krankenhauses.

„Ich will mich ja nicht beklagen", sagte der größere der beiden, „da ich nun einmal ein Engel bin, aber wenn ich das nicht wäre, dann würde ich mal richtig Dampf ablassen darüber, wie uns himmlischen Wesen die Namen zugeteilt werden. Alles schön und gut, wenn man ‚Gabriel' oder ‚Michael' heißt. Das klingt wenigstens nach etwas."

„Wie heißt du denn?" fragte der kleinere Engel.

„Pongo – das ist mein Name. Kein Wunder, daß ich in dem Buch des Chefs nirgendwo erwähnt werde. ‚Der Engel Pongo erschien Maria . . .' Das kommt nicht so gut rüber, stimmt's? Wie ist dein Name?"

„Biggles", erwiderte sein Begleiter traurig. „Mein Name ist Biggles – für immer."

Stille senkte sich herab, während die beiden Engel mit der Vorstellung rangen, in alle Ewigkeit einen schimpflichen Namen zu tragen.

„Und noch etwas", sagte Pongo, nachdem eine Minute vergangen war. „Ich gehörte diesem Engelunterausschuß an, der die Pläne des Chefs für den Besuch seines Sohnes auf dem dritten Planeten ratifizieren sollte. Ich sollte diese Geschichte von dem verlorenen Sohn kommentieren. Aber haben die vielleicht auf das geachtet, was ich gesagt habe?"

„Und, haben sie?" erkundigte sich Biggles mit aufrichtigem Interesse.

„Haben sie nicht, lieber Himmel! Du kennst ja die endgültige Version. Wäre ich zu negativen Reaktionen in der Lage, so wäre ich stinkwütend gewesen. Ich habe einen umfassenden Bericht eingereicht. Seht mal, sagte ich, die ganze Sache muß gestrafft und klarer formuliert werden. Erstens ist da der Weg, auf dem der verlorene Sohn unterwegs ist. Der ist völlig unklar! Man könnte ohne weiteres auf den Gedanken kommen, der Chef wäre bereit, jeden beliebigen schlammigen Feldweg entlangzurennen, auf dem diese menschlichen Wracks angewankt kommen, wenn sie endlich gemerkt haben, wo es für sie etwas zu holen gibt. Spitzt das Ganze zu! Das habe ich ihnen klarzumachen versucht. Buchstabiert es ihnen vor! Formuliert ein Dogma! Nagelt sie fest!"

„Aber sie haben nicht auf dich gehört?" fragte Biggles mitleidig kopfschüttelnd.

„Wenn ich zur Kritik fähig wäre", sagte Pongo, „und der Chef nicht vollkommen wäre, dann würde ich sagen, daß diese Geschichte genau jenen wabbelweichen Liberalismus propagiert, der uns Engeln das Leben so schwermacht. Warum kommt der Vater seinem armseligen Sohn entgegengerannt, während er noch weit entfernt ist? Damit ist doch die Katze schon aus dem Sack – das habe ich auch in meinem Bericht gesagt. Warum soll der Junge nicht die ganze Strecke zurücklegen? Soll er sich doch mit Sorge und Ungewißheit quälen bis ganz zum Schluß, wo er zu Hause ankommt. Dann laßt ihn ein paar Minuten lang vor der Tür stehen. Laßt ihn schmoren! Schickt das niedrigste Dienstmädchen hin, um ihm aufzumachen, und wenn er dann endlich vor seinem Vater steht, laßt den alten Herrn ein wenig abweisend sein – so ein kleines bißchen kühl. Der Sohn soll sich die Rückkehr in die Gunst seines Vaters erst einmal verdienen. Das habe ich ihnen vorgeschlagen."

„Und statt dessen ...?" bohrte Biggles nach.

„Statt dessen", fuhr der größere Engel fort, „haben wir eine, seien wir doch ehrlich, peinliche Darstellung des Chefs, wie er mit einem Sack voller Geschenke die Straße entlangrennt, als wäre er auf eine Goldmedaille aus, wie der Weihnachtsmann auf düsengetriebenen Rollschuhen. Zu verletzlich!"

„Zu offensichtlich", nickte Biggles.

„Zu einfach", bestätigte Pongo.

„Zu emotional", fügte Biggles geistesabwesend hinzu.

„Zu großzügig", erklärte Pongo, dem die Sache jetzt richtig Spaß machte.

„Zu wunderbar", sagte Biggles verträumt.

Pongo runzelte die Stirn und rutschte auf seinem Sitz hin und her. „Genausogut hätte ich den Bericht auch ganz bleiben lassen können", murmelte er. „Was sollte diese bewußte Provokation gegen jene jüdischen Menschen, indem man den verlorenen Sohn ausgerechnet bei den Schweinen enden ließ? Das ist ein weiterer Punkt, auf den ich hingewiesen habe. Dann ist da noch der kulturelle Kontext. Was passiert, wollte ich wissen, wenn wir das zwanzigste Jahrhundert erreichen und die Leute anfangen, es das Gleichnis vom gescheiterten Vater zu nennen? Meiner Meinung nach gab sich der Chef eine riesige Blöße. Zwei mißratene Kinder. Schlechte Erziehung. Verstehst du, was ich meine? Und warum wird überhaupt mit dem älteren Bruder so hart umgesprungen? Der arme Kerl rackert sich endlos ab – tut sein Bestes und bekommt nicht einmal ein Dankeschön dafür. Kein Wunder, daß er nicht gerade erfreut war, als sein Drükkeberger von einem Bruder wie der Kaiser von China behandelt wurde. Wenn ich er gewesen wäre, hätte ich denen ganz schön was erzählt – warte mal!"

Er sah seinen Mitengel aus zusammengekniffenen Augen an.

„Was?" fragte Biggles arglos.

„Du sagtest doch gerade, die Vorstellung, wie der Chef die Straße entlangrennt, sei ‚zu wunderbar'. Das hast du doch gesagt, oder nicht?"

„Nun ja", erwiderte Biggles, der leicht rosa anlief, „ich dachte nur, daß ich, *wenn* ich in der Lage wäre, Neid zu empfinden, mir vielleicht wünschen würde, ich könnte die Straße entlanggehen wie der verlorene Sohn, und der Chef würde ganz aufgeregt auf mich zugerannt kommen und mich umarmen und mir all diese Geschenke geben und ein Faß für mich aufmachen und mir sagen, daß er mich liebt, und – und das alles. Er ist ganz verrückt nach diesen Menschen, nicht wahr?"

Pongo sah einen Moment lang in die glänzenden Augen seines Begleiters; dann seufzte er und lächelte ein wenig traurig.

„Ja", sagte er leise, „ich schätze, wenn ich in der Lage wäre, Neid zu empfinden, wäre ich vielleicht auch neidisch auf . . . das alles."

Positive Graffiti

Hin und wieder haben Leute mir zu bedenken gegeben, ich sei zu negativ in bezug auf das Leben, die Gemeinde und den ganzen Rest. Es schmerzt mich, das zu sagen, aber vielleicht haben diese Leute recht. In meinem Leben sind auch manche guten Dinge passiert.

Hier nun also, den Leuten zuliebe, die meinen, ich sei zu negativ, und um mir einen Extrasegen dafür zu verdienen, daß ich auf Kritik höre und danach handle, kommt – *(Trommelwirbel)* – etwas Positives!!!

Positive Graffiti

Ich habe an anderer Stelle darüber gesprochen, wie Satan seine infernalische Sprühdose dazu benutzt, um unsere Herzen mit Graffiti zu bedecken. Jeremia sagte, Gott werde sein Gesetz in unsere Herzen schreiben, doch überall dort, wo diese teuflischen Kritzeleien zu tief und zu zahlreich sind, um sich leicht auslöschen zu lassen, kann es sehr lange dauern, bis der Heilige Geist endlich mit seiner Grundreinigung fertig ist und uns in die Lage versetzt, dem göttlichen Schreiber ein sauberes Blatt zu präsentieren.

Mißhandlungen, harte Worte, Hohn, Versagen, Ablehnung – die negativen Graffiti des Teufels können viele verschiedene Formen annehmen. Manchmal können ein paar Worte, die gar nicht verletzend gemeint, aber gedankenlos und ungeschickt gewählt waren, eine Wunde schlagen, die Jahre braucht, um zu heilen, und eine Narbe zurückläßt, die niemals ganz verschwindet. Die Zunge ist eine gefährliche Waffe!

Kürzlich ist mir jedoch aufgefallen, daß es, zumindest in meinem eigenen Leben, entsprechend positive Erlebnisse, Ereignisse und Einflüsse gab, die manches von dem Negativen neutralisiert oder sogar verdrängt haben. Auch diese himmlischen Graffiti können viele verschiedene Formen annehmen, und oft kommen sie auch durch Leute, die eigentlich nichts besonders Christliches an sich haben. Sie sind kleine Geschenke Gottes, die eine unverhältnismäßig tiefgreifende Wirkung haben können.

Ich erinnere mich an drei davon, ohne mir sonderlich Mühe zu geben.

Das erste trug sich zu, als ich ungefähr fünf Jahre alt war und in dem Dorf Rusthall, in dem ich aufgewachsen bin, in die Vorschule ging. Ich war ein etwas ängstliches Kind, nicht besonders ungezogen, aber zu gelegentlichen Wutanfällen neigend, wenn ich mich in die Enge getrieben fühlte. Eines Tages stellte ich auf dem Spielplatz etwas an, etwa in der Mitte der Essenspause. Ich weiß nicht mehr genau, was ich eigentlich getan hatte, aber ich erinnere mich noch, daß mir bewußt war, daß es mich jetzt erwischt hatte. Jetzt würde ich mein Fett kriegen! Die Frau, die auf dem Spielplatz die Aufsicht führte, zerrte mich in den obersten Klassenraum und ließ mich dort zurück, während sie der Leiterin mein Verbrechen meldete. Als sie zurückkam, sagte sie mir, ich müsse alleine warten, bis die Leiterin mich holen lassen würde.

Ich war entsetzt. Meine Haare standen zu Berge, und das Blut gerann mir in den Adern. Was für grausige Tiger gab es im Dschungel dieser Welt!

Endlich erschien die Leiterin an der Tür des Klassenraumes und winkte mir, ihr in ihr Büro zu folgen. Ich stand ihr gegenüber, während sie sich hinter ihren Schreibtisch setzte. Meine Eingeweide krampften sich in unheilvoller Vorahnung zusammen. Was würde passieren?

Nach einem kurzen Schweigen deutete die Leiterin auf eine Schüssel auf ihrem Schreibtisch und sagte: „Setz dich und iß ein bißchen Eis, Adrian."

Sie griff nach einer zweiten Schüssel, und dann saßen wir nebeneinander und aßen zusammen Eis. Sie verlor kein Wort über mein furchtbares Fehlverhalten, und ich war bestimmt nicht erpicht darauf, es zur Sprache zu bringen. Ich empfand keine Befriedigung darüber, ungestraft davonzukommen. Ich war nur verblüfft und überrascht und erleichtert, als ich feststellte, daß Autorität und Barmherzigkeit sich nicht gegenseitig ausschlossen.

Das zweite Erlebnis hatte ich direkt vor dem Bahnhof Paddington in London. Ich war ein grüner, ahnungsloser

Teenager, eifrig bemüht, dem Rest der Welt eine coole, selbstbewußte Maske zu präsentieren. Ein Gepäckträger trug meine Taschen von dem Zug, mit dem ich gekommen war, zu der Bushaltestelle ein paar Schritte vom Bahnhofseingang. Als er sich bückte, um mein Gepäck auf den Bürgersteig zu stellen, kramte ich in meiner Tasche nach Kleingeld. Ich wußte, was ich jetzt zu tun hatte. Wenn ein Gepäckträger einem die Taschen trug, gab man ihm ein Trinkgeld. Wieviel? Ich hatte keine Ahnung – ich war noch nie zuvor in dieser Situation gewesen.

Ich zog meine Hand aus der Tasche und betrachtete die Auswahl an Münzen. Mit weltmännischer Geste wählte ich zwei Zweishillingstücke aus und reichte sie dem Gepäckträger, der sich gerade aufrichtete. Eine oder zwei Sekunden lang blieb er ganz still stehen und musterte die beiden Münzen, die auf seiner Handfläche lagen; dann, nach einem forschenden Blick in mein Gesicht, reichte er mir eine davon zurück und sagte mit einem leichten mitteleuropäischen Akzent: „Zwei Shilling reichen völlig."

Selbst ich, so naiv ich war, wußte, wie ungewöhnlich es war, daß jemand einen Teil eines Trinkgeldes zurückgab. Der Gepäckträger hatte mir eine kleine, kostenlose Lektion erteilt. Es wärmte mir das Herz zu wissen, daß seine Großzügigkeit sich auch auf Fremde erstreckte. Vielleicht hatte er einen Sohn in meinem Alter.

Drittens war da George.

George arbeitete im Lagerhaus eines Farbengroßhändlers in der Nähe von Bromley, einer Halle, in der fünf oder sechs Angestellte metallene Karren vor sich herschoben und die bestellten Waren für die Einzelhändler zusammenstellten. Lange Gänge führten zwischen hohen Regalwänden hindurch, die mit allen nur erdenklichen Farbsorten angefüllt waren; ein richtiges Labyrinth.

George war nicht gerade verliebt in seine Arbeit; es hatte nichts besonders Inspirierendes an sich, Dosen in einen Karren zu füllen. Mitte Vierzig und völlig frei von jeglichem Ehrgeiz war George ein Experte in der Kunst des Verschwindens. Er kannte sich in den Gängen aus wie in seiner Westentasche, und er verbrachte ganze Tage damit, mit dem Vorarbeiter Verstecken zu spielen, einem kleinen, hektischen Mann, dem die oberen Schneidezähne fehlten und der ständig mit einem Stapel überfälliger Bestellungen in der Hand durch das Lagerhaus rannte und flehend nach einem der maulwurfsgleichen Karrenschieber rief, damit er sie bearbeitete. Gelegentlich ließ sich George aus der Ferne blikken, wie er mit beträchtlicher Geschwindigkeit einen Gang am anderen Ende kreuzte, ganz so, als wäre ihm gerade eingefallen, wo irgendeine seltene Farbsorte gelagert wurde. George war ein Meister in der Kunst des Nichtstuns, und darin übte er sich den ganzen Tag.

Ich hatte während meiner Lehrerausbildung auf dem College in Bromley zwischen den Trimestern einen Ferienjob in dem Lagerhaus. Ich war damals Mitte Zwanzig. Im Gegensatz zu George rackerte ich mich mit den Bestellungen ziemlich ab, hauptsächlich deswegen, weil es so unerträglich langweilig war, wenn ich es nicht tat. George und ich kamen jedoch sehr gut miteinander aus, und eines Tages rettete er mich vor dem Tod durch Langeweile.

Damals war ich ein ziemlich starker Raucher. Das war eines der wenigen Dinge, die das Leben im Lagerhaus erträglich machten. Eines Tages hatte ich mein Päckchen zu Hause liegenlassen und war völlig verzweifelt. Da ich kein Geld bei mir hatte, um mir neue zu kaufen, stählte ich mich für einen unendlichen, zigarettenlosen Tag.

George, der ebenfalls rauchte, bemerkte meine Notlage und kam den ganzen Tag über in regelmäßigen Abständen in meiner Nähe vorbei, reichte mir wortlos eine Zigarette und verschwand wieder in irgendeinem seiner Schlupflöcher.

Ohne auf das Für und Wider des Zigarettenrauchens einzugehen, kommt es mir damals wie heute so vor, als ob

George, mit seiner üppigen Teddyfrisur und seiner recht grauen, ziellosen Lebensanschauung, an jenem Tag etwas sehr Nettes für einen Mitmenschen getan hätte.

Meine Vorschulleiterin, der Gepäckträger vom Bahnhof Paddington und der großzügige George, sie alle boten mir auf ihre Weise den Becher kalten Wassers an, von dem Jesus einmal sprach. Und sie alle werden zweifellos auch den Lohn erhalten, den er ebenfalls erwähnte.

Danken wir Gott für positive Graffiti und für die Menschen, die er gebraucht, um sie uns zu geben.

Sie, ich und wir

Es bereitet kaum weniger Mühe, die eigene Familie zu regieren, als ein ganzes Königreich.

Michael de Montaigne, Essays, 1580

Wer die Menschen studieren will, darf es nicht versäumen, sich in die Gesellschaft von Kindern zu mischen.

Ebenda

Sie, ich und wir

Vor einigen Jahren war unsere Familie im Urlaub in Dänemark, und ich kann bezeugen, daß dieses uralte Königreich erheblich mehr zu bieten hat als nur Speck und Lego. Die östliche Halbinsel, die wir erkundeten, war voller herrlicher Landschaften und interessanter Dinge. Wichtiger noch aus der Sicht unserer drei Jungs war, daß sich gleich in derselben Straße wie unser Ferienhäuschen in dem Dorf Stenvad ein Fußballplatz mit zwei Übungstoren befand. Es war eine sehr behagliche Unterkunft, die sogar über einen kricketgeeigneten Garten hinter dem Haus verfügte.

Das Beste war, wie üblich, daß wir als Familie zusammen sein und endlich wieder einmal in Ruhe streiten konnten.

Manchmal führt die besondere Urlaubsethik dazu, daß äußerst subtile Probleme an die Oberfläche steigen können.

Eines Abends, nachdem es uns endlich gelungen war, die jüngeren Familienmitglieder mit Locken, Drohungen und Bestechung ins Bett zu befördern, faßte mein ältester Sohn eine Sorge in Worte, die mir nie in den Sinn gekommen war. Wenn er hörte, wie Bridget und ich mit den kleineren Kindern redeten und sie lobten für Dinge, die sie gesagt oder gekauft oder getan hatten, erkannte er in unseren Worten und unserem Tonfall dieselbe Art von Ermutigung wieder, die ihm, als *er* klein war, das Gefühl gegeben hatte, geschätzt und angenommen zu sein. Wenn er nun jedoch sah, wie positiv wir auf die kleinsten Bemühungen und Erfolge der Kleinen reagierten, fing er an, sich ein wenig unsicher zu fühlen. Vielleicht waren wir, als wir *ihn* in der Vergangenheit gelobt hatten, nicht ganz ehrlich gewesen. Was war, wenn sein Gefühl, ein ganz brauchbarer Bursche zu sein, nur auf einer Serie von Halbwahrheiten beruhte? Vielleicht waren wir in Wirklichkeit gar nicht stolz auf ihn.

Ich wußte nicht recht, was ich darauf antworten sollte, doch bis zum nächsten Morgen hatte sich das Problem in meinem Kopf zu einer Frage verdichtet: Was ist in Beziehungen wichtiger – die Liebe zur Wahrheit oder die Wahrheit der Liebe?

Sollte unsere Reaktion auf die Anstrengungen anderer stur und kompromißlos akkurat sein, oder sollten wir unsere Reaktionen durch die Liebe formen und modifizieren lassen?

Ich versuchte, meinem Sohn zu erklären, was ich dachte, aber erst, als ich auf konkrete Beispiele aus seinem Leben zu sprechen kam, ging ihm allmählich auf, was ich meinte.

„Wie ist es denn mit dir und Katy?" sagte ich (Katy war damals drei, und ihr ältester Bruder war ganz versessen auf sie). „Zum Beispiel, wenn Katy dir eine ihrer Zeichnungen bringt und dich fragt, was du davon hältst? Sagst du dann: ‚Tut mir leid, Kate, aber das ist nur ein sinnloses Gekritzel'? Oder sagst du: ‚Gut gemacht, Katy, das ist wirklich hübsch!'? Sieh mal", fuhr ich fort, als ich sah, wie seine Gesichtszüge sich lösten, „wärst du glücklich, wenn du wüßtest, daß ich für dich genauso empfinde wie du für Katy?"

„Ja", sagte er, „das wäre ich."

„Dann ist es ja gut", sagte ich, „genauso ist es nämlich."

Die Instandhaltung und Reparatur unserer Beziehungen zu Gott, unserer Familie, unseren Nachbarn und Mitchristen ist eine absolute Priorität in unserem Leben, aber das kann eine ganz schön knifflige Sache sein. Ich wollte hier eigentlich sagen, daß diese nächste Fuhre von „Kohlköpfen" einige Gedanken und Fragen enthält, die sehr persönlich sind, aber ich glaube, ich kann getrost sagen, daß die meisten von uns Lumpen sich ohne weiteres mit den Problemen der anderen identifizieren können.

Also lesen Sie weiter (es sei denn, natürlich, daß Sie Ihre Beziehungen völlig im Griff haben).

Generationen

G. K. Chesterton beschrieb den Atheismus als einen Alptraum – ein Labyrinth ohne Ausgang.

Mein eigener atheistischer Alptraum dreht sich um den unerbittlichen Kreislauf der Generationen. Geburten, Tod, Freude, Trauer, immer und immer wieder, wie ein Film, der sich ständig wiederholt und in dem sich nur die Gesichter bei jedem Durchlauf ein wenig verändern. Großeltern, die wahrscheinlich nie ihre Urenkel und ganz gewiß nicht ihre Ururenkel erleben werden, und selbst wenn, würden sie sich sowieso ihre Namen nicht merken können, weil es zu viele wären.

„O Gott, gib, daß das alles einen Sinn hat!" habe ich manchmal gerufen, zu Zeiten, wenn die Dunkelheit einfach nicht weichen wollte. Mir würde das Herz brechen, wenn ich jemals ernsthaft zu der Überzeugung käme, daß all unsere Beziehungen sich letzten Endes in Staub verwandeln werden. Was hätte dann überhaupt noch einen Sinn?

„Fürchtet euch nicht", sagte Jesus, „ich habe den Tod überwunden."

Generationen

1) Ich nahm meine Tochter mit in den Park
Sie rannte ganz schnell zum Karussell
Das Karussell im Kreis sich drehte
Doch es fuhr leider nirgendwohin
Es drehte und drehte und drehte und drehte
Es drehte und drehte und drehte.

2) Ich nahm meine Tochter mit in den Park
Sie ist mir entschlüpft, auf die Schaukel gehüpft

Und schaukelte hoch und schaukelte tief
Doch es gab keinen Zweifel, wohin die Schaukel lief
Sie schaukelte hoch und schaukelte tief
sie schaukelte hoch und tief.

3) Ich nahm meine Tochter mit in den Park
Sie rief Hurra, als sie die Rutschbahn sah
Erklomm die Stufen und rutschte hinunter
Und doch ging dieselbe Sonne unter
Sie stieg nur hinauf und sie glitt nur hinunter
Stieg nur und glitt nur hinunter.

4) Heut' gehen wir alle in den Park
Wo die Schaukeln hochgeh'n und wieder tief
Und niemand zweifelt, wohin die Schaukel lief
Und man steigt hinauf und gleitet hinunter
Derweil geht dieselbe Sonne unter
Über dem Karussell, das sich dreht und dreht
Und doch leider nirgendwo hingeht
Es dreht nur und dreht und dreht und dreht
Es dreht nur und dreht und dreht.

Vergeudete Tage

Unser Schriftsteller ist jetzt in einer noch kniffligeren Lage als zuvor. Nachdem er mit der abscheulichen Jane Drain fertig und sich darüber klar geworden ist, wie es um seine Motivation steht, ist er nun verstorben und im Begriff, herauszufinden, ob die Worte, die ihm in diesem Leben so leicht aus der Feder flossen, ihm an den Pforten des Paradieses von irgendwelchem Nutzen sein werden.

Ich vermute – obwohl ich es natürlich nicht genau wissen kann, weil ich noch nie tot war –, daß es sich erweisen könnte, daß Gott über Prioritäten ganz anders denkt als wir. Der arme alte Rodney Fuller muß feststellen, daß die Bücher, die er geschrieben hat, von weit geringerer Wichtigkeit sind als die Art und Weise, wie er seine Familie behandelt hat, insbesondere, was den Umgang mit der Zeit betrifft.

In letzter Zeit ist mir sehr bewußt geworden, über was für einen Reichtum an Tagen die meisten von uns verfügen. So viele Vormittage und Nachmittage und Abende, die wir nutzen können, wie wir wollen. Wir können sie vergeuden oder weise gebrauchen, und das kann natürlich für verschiedene Menschen unterschiedliche Dinge bedeuten. Eine Wanderung über die Downs könnte die beste oder die schlechteste Art sein, einen Tag zu nutzen; einem Nachbarn zu helfen, kann selbstsüchtig oder selbstlos sein; pausenlos zu arbeiten, kann sowohl bewundernswert als auch grausam sein. Unsere Herzen sagen uns die Wahrheit, wenn wir bereit sind, ihnen zuzuhören.

Da fällt mir ein – ich habe meinem Sohn versprochen, heute abend mit ihm Snooker spielen zu gehen.

Vergeudete Tage

S = Schriftsteller
E = Engel

S: (*Tritt auf den Schreibtisch zu*) Äh . . . Entschuldigung.
E: (*Flott und freundlich*) Ja, mein Herr?
S: Ist dies hier der . . . Himmel?
E: Rezeption, ja, mein Herr. Möchten Sie hereinkommen?
S: Nun, äh, ich bin Schriftsteller.
E: Damit sind Sie noch nicht automatisch disqualifiziert, mein Herr. Wir haben sogar schon Verleger hereingelassen. Wenn ich nur bitte Ihren Namen wissen dürfte.

S: Mein Name ist Rodney Fuller. (*Keine Reaktion*) Ich habe christliche Bücher geschrieben. Ich habe eine Menge, äh ... christliche Bücher geschrieben. Sind Sie ein Engel?

E: Ja, mein Herr, ich bin ein Engel.

S: Nun, ich habe auch ein Buch über Engel geschrieben – eine Art Roman –, wissen Sie, er handelt davon, wie es wirklich ist, ein Engel zu sein.

E: (*Starrt ihn ausdruckslos an*) Ja. Ich habe das Buch gelesen.

S: Und ein anderes Buch, das ich geschrieben habe, hieß *Kühnheit vor Gott: Die Gewißheit der Errettung*. Äh ... was meinen Sie, wird man mich wohl hineinlassen?

E: Ich habe hier Ihre Akte, Mr. Fuller (*Studiert die Akte einen Moment lang*), und alle Ihre Bücher. (*Legt den Stapel auf den Schreibtisch*) Die sind alle von Ihnen, nicht wahr?

S: (*Faßt Mut*) Ja, ja, das sind meine. Das Schreiben war mein Dienst, wissen Sie.

E: Das Schreiben war Ihre *Besessenheit*, Mr. Fuller. Nach dieser Akte haben Sie Ihre Familie, Ihre Freunde, Ihre Nachbarschaft und Ihre Gemeinde um anderthalb Jahre Ihrer Freizeit gebracht, um *das hier* (*hält ein Buch hoch*) zu schreiben, zum Beispiel: (*Liest den Titel*) *Eine Untersuchung des Zusammenhangs zwischen Haarlänge und Heldentum im Pentateuch*.

S: Das ist als ein „sehr wichtiges Buch" bezeichnet worden.

E: Ja. (*Schlägt in der Akte nach*) Im Rundbrief der Vereinigung lettischer christlicher Friseure im Exil, der nur einmal erscheinen konnte, weil seine siebzehn Abonnenten alle gestorben waren, bevor die zweite Ausgabe fällig war.

S: Nun ja, es war sicherlich eine Minderheit –

E: Und während Sie sich für siebzehn über achtzigjährige Friseure abrackerten, hat Ihre Frau die Kinder ins Bett gebracht, sich um die Besucher gekümmert, das Haus geputzt, die Rechnungen bezahlt, die Zeugen Jehovas abgewimmelt, sich bei Leuten, die Ihre Hilfe gebraucht hätten, dafür entschuldigt, daß Sie nicht zur Verfügung standen, einen Artikel darüber geschrieben, daß sie keine Zeit hatte, ein Buch zu schreiben, halbtags gearbeitet, den Rasen gemäht, Gemüse angepflanzt und Ihre chronisch schlechte Laune auf sich genommen – und das alles, weil Sie sie davon überzeugt hatten, Sie wären mit dem Werk des Herrn beschäftigt!

S: Ich war einfach hingegeben!

E: Sie waren fanatisch.

S: Ich war kreativ engagiert!

E: Sie haben sich gehenlassen.

S: Ich war vom Geist getrieben!

E: Sie waren Anglikaner.

S: Aber ich dachte –

E: Mr. Fuller, bei Ihrer Geburt wurden Ihrem Konto neunundsechzig Jahre, drei Monate und neun Tage gutgeschrieben. Das ist ein recht stattliches Guthaben. Es ist nun bis auf den letzten Augenblick verbraucht, und diese Aufzeichnungen deuten darauf hin, daß ein großer Teil dessen, was Sie als Ihre „schriftstellerische Laufbahn" zu bezeichnen pflegten, nur Verschwendung von wertvollen Stunden war. Ausgewogenheit, Mr. Fuller – das ist es, was Ihnen fehlte – Ausgewogenheit!

S: Aber ich werde doch nicht durch Werke errettet, oder?

E: (*Klopft auf die Bücher*) Jedenfalls nicht durch diese hier, nein. Hier oben, Mr. Fuller, kommt es nicht darauf an, was Sie getan haben oder was Sie wissen, sondern *wen* Sie kennen.

S: (*Sein Gesicht hellt sich auf*) Ich habe einmal mit Billy Graham Tee getrunken.

E: Ich dachte, Sie *wollen* hier hereinkommen.

S: Will ich auch, war nur ein Scherz. Ich – ich kenne Jesus. Ich habe sogar über ihn geschrieben.

E: Oh! (*Studiert die Akte – hält inne*) Nun, hoffen wir, daß er auch über Sie geschrieben hat . . .

ENDE

Ton

Zu den wunderbaren Eigenschaften einer christlichen Ehe gehört es, daß man niemals Streitigkeiten oder Auseinandersetzungen hat. Darum mußte ich, als ich über Konflikte in Beziehungen schreiben wollte, alle meine Freunde zu Rate ziehen und sie fragen, wie das ist. Endlich fand ich ein Paar, das sich noch daran erinnerte, vor einigen Jahren einen Streit gehabt zu haben, und die beiden haben mir freundlicherweise erlaubt, die Einzelheiten jenes Vorfalls in diesem Buch wiederzugeben.

Wenn Sie mir das abkaufen, werden Sie alles glauben!

Auseinandersetzungen in der Ehe sind wie Musikstücke – manchmal ist es vielleicht recht rauhe Musik, aber sie enthält vertraute, oft wiederholte Melodien. Mir scheint es eine legitime Funktion des Dramas zu sein, den Leuten den Spiegel vorzuhalten, wie sie miteinander umgehen. Vielleicht könnte ihnen das sogar dabei helfen, die Musik zu verändern – vielleicht könnte man ja einmal etwas spielen, das ein bißchen harmonischer klingt?

Wir müssen behutsam miteinander sein. Wir sind nur Ton.

Ton

F: Nun?
M: Was nun?
F: Willst du mich denn nicht fragen, wie ich zurechtgekommen bin?
M: Wie bist du zurechtgekommen?
F: Versuche mal, nicht ganz so interessiert zu klingen, ja? (*Pause*) Was ist los?
M: Nichts. Warum?

F: Ich weiß nicht, du bist nur so ... seltsam.
M: Wie bist du zurechtgekommen?
F: (*Begeistert*) Ich habe tatsächlich ein Gefäß gemacht! Ich habe es geschafft! Es wiegt zwar ungefähr dreieinhalb Pfund und faßt nur etwa einen Fingerhut voll Wasser, aber es ist ein Gefäß! Mein Gefäß!
M: (*Apathisch*) Ich dachte, ihr dürftet erst nach ein paar Lektionen an die Töpferscheibe, oder habe ich das falsch verstanden?
F: Nein, das stimmt schon.
M: Ach ja?
F: Ich habe das Gefäß nur mit den Händen gemacht, einfach durch Drücken und Formen, weißt du. Es war sehr sinnlich!
M: Es war *was*?
F: Wie sich der Ton anfühlt – es macht einfach Spaß, damit zu arbeiten –, er ist ganz glitschig und zäh und weich.
M: Ich dachte, es ginge darum, sich eine praktische Fertigkeit anzueignen, nicht darum, sinnliche Erfahrungen zu haben.
F: Komm, sei doch nicht so mürrisch, Liebling. Du bist doch nicht etwa eifersüchtig auf einen Klumpen Ton, oder? (*Äfft ihn nach*) „Ich dachte, es ginge darum, sich eine praktische Fertigkeit anzueignen, nicht darum, sinnliche Erfahrungen zu haben ..."
M: Ich glaube nicht, daß es sehr hilfreich ist, wenn du mich nachäffst, du etwa?
F: Was *ist* nur los mit dir? (*Pause*) Hattest du einen schlechten Abend? (*Wartet*) Michael?
M: Ich war nur hier zu Hause. Habe eigentlich gar nichts ...
F: Ich dachte, es würde dir Spaß machen, mal ein bißchen deine Ruhe zu haben. Hat dir das Essen geschmeckt? (*Pause*) Du hast doch gegessen, oder?

M: Ich bin nicht mit dem Dingsda zurechtgekommen ... ach, ich weiß nicht, es war mir einfach zu kompliziert.

F: (*Mit ungespieltem Entsetzen*) Michael, das war ein wunderbares Essen! Ich habe eine Ewigkeit damit zugebracht, es zurechtzumachen. Du hättest nur eine halbe Stunde lang den Ofen anstellen und es dann herausnehmen müssen. Was soll das heißen, du weißt nicht, wie das geht? Du hast es schon hundertmal gemacht! Warum hast du nicht –

M: Hör mal, ich habe nicht gegessen, ja? Das ist wohl kaum das Verbrechen des Jahrhunderts, oder?

F: Nein, aber es soll die Strafe für das Verbrechen des Jahrhunderts sein, stimmt's?

M: Blödsinn! Ich –

F: Die Sache ist nur, daß wir nicht genau wissen, was das Verbrechen des Jahrhunderts ist, stimmt's? Ich zumindest nicht! Ist es meine leidenschaftliche Affäre mit einem Klumpen Ton, oder ist es nur, daß ich dir zugemutet habe, dich ganz allein mit der schrecklichen Komplexität eines Ofenschalters auseinanderzusetzen? Oder ist es noch etwas anderes?

M: (*Strategischer Seufzer*) Allmählich wünsche ich mir, ich hätte überhaupt nichts gesagt.

F: Das glaube ich dir gern. Denn im Grunde hast du eigentlich gar keinen Grund, sauer zu sein, oder? Ich dachte, diesen Unsinn hätten wir schon vor zehn Jahren hinter uns gelassen. Ich könnte es nicht *aushalten*, wenn –

M: (*Überwältigt*) Hör mal, können wir das bitte jetzt einfach vergessen? Es tut mir leid! Ich wünschte, ich hätte nie – ich meine – es tut mir leid!

F: (*Pause*) Möchtest du noch mehr über mein Gefäß hören?

M: (*Hat sich wieder unter Kontrolle*) Ja, erzähl weiter.

F: Nun, es ist braun.

M: Mmm ... (*nickt*)

F: Und häßlich.
M: Mmm . . . (*nickt*)
F: So wie du . . .
M: Hmpf!
F: (*Leise*) Besonders, wenn du so bist wie gerade eben. Was war los? Bitte sag es mir.
M: Es hat keinen Sinn, es dir zu sagen.
F: Warum nicht?
M: Weil du es eigentlich gar nicht wissen willst. Es ist irrational, und das magst du nicht. Wenn ich dir sage, was ich empfinde, wirst du mir nur sagen, wie falsch es von mir ist, so zu empfinden.
F: Nein, das werde ich nicht.
M: Doch, das wirst du. Das tust du immer.
F: Nun, diesmal aber nicht. (*Pause*) Stell mich auf die Probe!
M: (*Nicht überzeugt*) Also schön – ich fühle mich verletzt und verärgert und bedroht dadurch, daß du ausgehst und etwas ohne mich unternimmst und dann völlig begeistert davon bist und mir von – sinnlichem Ton erzählst und . . . also, das war's so ziemlich.
F: (*Schüttelt den Kopf*) Wie ist es nur *möglich*, daß du so empfindest?
M: Siehst du, was ich meine?
F: Ich meine – ich verstehe einfach nicht, wie du das sagen kannst. Wir haben doch darüber *gesprochen*, daß ich diesen Abendkurs machen will. Du hast gesagt, du findest die Idee gut. Du warst es, der mich überredet hat, es auch tatsächlich zu machen. Und nun verdirbst du mir alles!
M: Hör mal, du hast mich gefragt, was ich empfinde, also habe ich es dir gesagt. Ich habe dir auch gesagt, daß es dir nicht gefallen würde, weil es irrational ist. Es *ist* irrational! Ich weiß, daß es irrational ist. Aber ich bin nun mal der, der ich bin, und das, was ich bin, wegen all dem Mist,

der in meiner Vergangenheit passiert ist. Ich habe mir das, was ich heute abend empfunden habe, nicht ausgesucht; die Gefühle kamen einfach. Wenn du mich nicht gefragt hättest, was mit mir los ist, hätte ich es dir nicht erzählt, und dann hätten wir auch kein Problem, oder?

F: (*Vorübergehend beschwichtigt*) Es tut mir leid, Michael. Ich wollte die Dinge nicht aufrühren. Ich habe mich nur geärgert, daß du das Gefühl hattest – (*Pause*) Warte mal! Was rede ich denn da? Das ist ja wie in den alten Zeiten. Jetzt entschuldige ich mich schon wieder für das, was du *mir* angetan hast!

M: Was?

F: Nun, du sagst, wir hätten kein Problem, wenn ich dich nicht gefragt hätte, was mit dir nicht stimmt, aber das ist ja gar nicht wahr, stimmt's? Du hast von dem Augenblick an, als ich zur Tür hereinkam, ein Gesicht gemacht, das förmlich schrie: „Rate mal, was mit mir los ist!" Total verdrießlich und mies gelaunt und (*jammert*) „bin mit dem Dingsda am Ofen nicht zurechtgekommen, darum habe ich nichts gegessen". Du armer kleiner Junge! Stimmt doch, oder? Du warst fest entschlossen, mir zu zeigen, wie unglücklich du warst. Sag mir wenigstens einmal die Wahrheit!

M: (*Scheinbar tief verletzt und beleidigt*) Willst du damit sagen, daß ich dich normalerweise anlüge?

F: Ach du lieber Himmel! Habe ich etwa übertrieben? Dann bitte ich sehr um Entschuldigung. Wie günstig, daß du dich darauf stürzen kannst. Aber wir *reden* jetzt nicht über *meine* Übertreibung. Wir reden über dich! Als ich dir begegnete, warst du gerade in die Erwachsenenwelt versetzt worden mit lauter Einsern in Sauersein, Selbstmitleid und – (*sucht nach einem Wort*)

M: Dir fällt wohl kein drittes Wort ein, das mit demselben Buchstaben anfängt, was?

F: Ich warne dich, Michael! Ich will nicht wieder mit all

dem anfangen. Wenn ich nicht einmal etwas allein unternehmen kann, ohne daß du jedesmal versuchst, mich dafür zu bestrafen, dann ...

M: Ja?

F: (*Leise*) Ich weiß es nicht. (*Pause*) Ich muß raus hier. Ich kann im Augenblick nicht hierbleiben.

M: Wo willst –

F: Ich weiß nicht, wo ich hin will. Ich habe mein Tongefäß noch im Kofferraum. Vielleicht fahre ich auf ein heißes Wochenende nach Brighton.

M: Sei nicht albern ...

F: Was, meinst du irrational? Nun, tut mir leid, Michael, aber das liegt alles nur an meiner schrecklichen Vergangenheit. Ich bin nun mal so, wie ich bin, weißt du, und schließlich kann man von niemandem verlangen, daß er irgendwelche Anstrengungen unternimmt, um sich zu beherrschen. Ich dachte, du wüßtest das. Wenn jemand anderes darunter leidet, tja, Pech gehabt. Klappere die Hotels ab, wenn du mich finden willst. Frag einfach nach Frau Tonkrug. (*Pause*) Oh!! Bis später! (*Ab*)

M: Hmm. (*Längere, nachdenkliche Pause*) Ich glaube, ich werde erst einmal etwas essen ...

Filmriß

Ich weiß, was du sagen willst

Es ist gefährlich, davon auszugehen, man wüßte über einen engen Freund oder Ehepartner alles, was es über ihn oder sie zu wissen gibt. Ich habe einmal in einem Theaterstück mitgespielt, in dem es um ein Ehepaar ging, das sich nicht darüber einigen konnte, in was für einem Haus sie wohnten. Sie war überzeugt, daß sie in einem zweistöckigen Haus wohnten, während er darauf beharrte, es sei ein Bungalow. Er hatte sich seit Jahren geweigert, nach oben zu gehen, weil er ihr damit recht gegeben hätte.

Diese bewußt absurde Situation beleuchtete auf amüsante Weise die Stagnation, die eintreten kann, wenn lange andauernde Beziehungen allmählich zu einer Ansammlung von vorhersagbaren, ständig wiederholten Rede- und Verhaltensweisen zusammenschrumpfen. Ganze Teile der Persönlichkeiten werden auf Eis gelegt, weil sie nicht von Anfang an zu einem Teil der Beziehung wurden.

Ich finde es immer sehr traurig, wenn ich ein Paar in einem Café oder Restaurant sitzen sehe, besonders im Urlaub, das ausdruckslos in die Ferne starrt, weil es einfach keinen Sinn mehr hat, miteinander zu reden; wenn man ohnehin schon genau weiß, was der Partner antworten wird. Ja, ich weiß, es ist schön, wenn man in geselligem Schweigen zusammensitzen kann, und nein, Bridget und ich unterhalten uns in Cafés *nicht* unaufhörlich angeregt und führen in Restaurants Gespräche wie aus einer Geschichte von Oscar Wilde, aber Sie wissen schon, was ich meine. Es ist schon traurig.

Gelegentlich ärgere ich Bridget damit, daß ich völlig aus heiterem Himmel plötzlich frage: „Wer bist du?"

Das ist natürlich ein bißchen aufgesetzt, aber diese gelegentliche Frage entsteht aus der plötzlichen, aufrichtigen Erkenntnis, daß diese Person, die mir so nahe ist, daß ich sie kaum sehen kann, in Wirklichkeit ein völlig eigenständiges, komplexes, vollständiges menschliches Wesen ist, das ich nicht halb so gut kenne, wie ich mir einbilde. Ich finde diese Momente in mancher Hinsicht sehr aufregend.

Der Himmel bewahre meine Beziehung zu meiner Frau – und zu Gott – vor der Illusion, ich könnte mir völlig sicher sein, was einer von ihnen sagen will.

Ich weiß, was du sagen willst

Frau:	John, ich habe nachgedacht.
Mann:	Mmm?
Frau:	Ich habe eine Entscheidung getroffen.
Mann:	Mhm?
Frau:	Ich höre im September auf zu arbeiten.
Mann:	Nun –
Frau:	Ich weiß, was du sagen willst. Wie sollen wir mit einem Gehalt auskommen? Nun, wir haben das früher geschafft, und wir werden es wieder schaffen. Wir leben sowieso viel zu verschwenderisch. Es wird uns guttun.
Mann:	Ich –
Frau:	Du brauchst gar nicht erst wieder deinen alten Spruch zu bringen von wegen „Und wie wirst du ohne deine Urlaubsreisen und kleinen Belohnungen auskommen?“ Es macht mich wirklich wütend, wenn du das sagst. Du wirfst mir damit praktisch vor, ich sei eine schwachsinnige Schickse, aber nimm bitte zur Kenntnis, daß ich das keineswegs bin!
Mann:	Du –
Frau:	Versuche auch nicht, mir einzureden, ich hätte irgendeinen geheimen Grund, mit dem Arbeiten aufzuhören. Ich habe keinen, und offen gesagt

stört es mich sehr, wenn du mich als eine listige, selbstsüchtige Frau betrachtest.

Mann: Könnten wir –

Frau: Nein, versuche nicht, mich zu beschwichtigen. Du kannst nicht jemanden einen neurotischen Schwachkopf nennen und dann versuchen, die Wogen mit ein paar aalglatten Phrasen wieder zu glätten. Zweifellos wirst du behaupten, du hättest es „nicht so gemeint". Nun, wenn du es nicht so gemeint hast, dann hättest du es nicht sagen sollen! Wie würdest du es empfinden, wenn du mit einem sorgfältig durchdachten Plan zu mir kämst und ich ihn einfach plattwalzen würde? Genau das hast du nämlich mit mir gemacht.

Mann: Ich –

Frau: Nein, bitte beleidige nicht meine Intelligenz, indem du es zu leugnen versuchst, ich werde dir gar nicht erst zuhören. Du hast gesagt, was du denkst, und jetzt bin ich an der Reihe! Oder habe ich vielleicht nicht das Recht, auch einmal etwas zu sagen? Nun, ich werde es mir trotzdem nehmen. Ich habe dir gesagt, daß ich aufhören will zu arbeiten, aber du hast mir offenbar gar nicht zugehört. Oder besser gesagt, du hast mir zugehört, aber dir ist nichts Besseres eingefallen, als wie üblich von Urlaubsreisen und Belohnungen und nicht auskommen zu schwafeln. Negativ wie immer! Du bist nicht meiner Meinung, und damit hat es sich.

Mann: Es ist –

Frau: Du brauchst gar nichts mehr zu sagen. Ich habe schon verstanden. Also gut – ich werde *nicht* aufhören zu arbeiten. Aber vergiß bloß nicht, daß du es warst, der mich dazu genötigt hat weiterzumachen.

Mann: Wann –

Frau: Es nützt nichts, jetzt einen Rückzieher machen zu wollen. Zu spät! Du hast deinen Willen bekommen, jetzt mußt du auch damit leben. Rackere dich gefälligst weiter ab! So lautet dein Befehl an deine Hausdienerin. Na schön, ich werde es tun. Aber manchmal verabscheue ich dich, und eines Tages werde ich Worte finden, um dir zu sagen, wie sehr – falls ich überhaupt jemals zu Wort kommen werde, was eher unwahrscheinlich ist.

Mann: Aber –

Frau: Es tut mir leid, aber ich will nichts mehr hören. Du bist vielleicht noch nicht fertig, aber ich schon! Ich gehe aus. Gute Nacht! (*Ab*)

Mann: Hätte ich nur meinen Mund gehalten ...

Navigation

Nachdem ich mich bereit erklärt hatte, auf dem Greenbelt-Festival '91 ein Seminar über Sex zu halten, begann ich allmählich die Nerven zu verlieren. Was in aller Welt sollte ich über dieses knifflige Thema sagen? Das Seminar über Kindererziehung auf „Take Seven" vor ein paar Jahren war schlimm genug gewesen, aber Sex?

„Ich werde mich krank melden müssen", sagte ich zu meiner Frau. „Ich habe keine Ahnung, was ich sagen soll. Ich kann nicht schon wieder diese alten Sprüche bringen von wegen ‚Gott hat die Sexualität erschaffen – sie ist etwas Schönes – aber nur im Kontext der Ehe'. Mag ja alles stimmen, aber originell ist es wohl kaum, oder? Was soll ich bloß machen?"

„Beruhige dich", sagte Bridget, „mir fällt schon etwas ein."

Und ihr fiel etwas ein.

„Worüber", fragte sie mich kurze Zeit später, „haben wir uns öfter gestritten als über alles andere, seit wir verheiratet sind?"

Ich ging eine Liste von fünf oder sechs Dingen durch, die es hätten sein können, aber sie waren alle falsch.

„Komm schon!" sagte Bridget. „Denk nach. Was hat uns näher an eine gewalttätige Auseinandersetzung herangebracht als alles andere?"

Da fiel bei mir der Groschen. Natürlich! Wie hatte ich nur so schwer von Begriff sein können? Es bestand nicht der geringste Zweifel an der Ursache unserer heftigsten Auseinandersetzungen.

KARTENLESEN.

Und das ist nicht nur bei uns so. Ich bin schon einmal mit dem frömmsten Ehepaar, das man sich nur denken kann, im Auto unterwegs gewesen. Von keinem der beiden hatte ich bisher auch nur ein lautes Wort gehört. Doch dann geht es los.

„Warum hast du mir denn nicht *gesagt*, daß da eine Abzweigung kommt?"

„Also, als ich dir das letzte Mal gesagt habe, daß gleich eine Abzweigung kommt, bist du sauer geworden und hast gesagt, du müßtest nicht über jeden kleinen Knick auf der Karte informiert werden!"

„Zu deiner Information, der ‚kleine Knick', den wir gerade verpaßt haben, war unsere letzte Gelegenheit für die nächsten dreißig Meilen, diese Straße zu verlassen. Vielen herzlichen Dank!"

„Wie kannst du nur so ungerecht sein!" *(Sie weint.)*

Und so weiter, und so weiter . . .

„Weißt du", sagte Bridget, „meiner Meinung nach sollten Pfarrer und Vikare und Älteste und Geistliche und solche Leute verlobte Paare in Sachen Kartenlesen beraten. Der Sex würde sich dann schon ganz natürlich daraus ergeben."

„Äh . . . und was hat das mit dem Seminar zu tun, Bridget?"

„Nun ja, du mußt einfach einen Sketch schreiben, in dem

du Sex und Kartenlesen in Zusammenhang bringst. Damit beginnen wir dann das Seminar."

Genau das habe ich getan – und hier ist der Sketch.

Navigation

Pfarrer:	Nun, Sally und Slim, heute haben wir unser letztes Ehevorbereitungsgespräch. Wir haben bereits ein gutes Stück zurückgelegt –
Sally:	Metaphorisch gesprochen.
Pfarrer:	Ja, metaphorisch gesprochen, haben wir bereits ein gutes Stück zurückgelegt. Letzte Woche hat uns Slim mitgeteilt, daß er sich eigentlich gar nicht daran erinnert, um Ihre Hand angehalten zu haben, Sally, und daß ihn die Aussicht, den Rest seines Lebens mit Ihnen zu verbringen, mit tiefstem Entsetzen erfüllt, in einem solchen Ausmaß, daß er (ich finde, er hat das sehr anschaulich ausgedrückt) sich lieber von Killerbienen langsam zu Tode stechen lassen möchte, als für die nächsten fünfzig Jahre jeden Morgen am Frühstückstisch Ihr Gesicht vor sich zu sehen. Und ich glaube, diese Frage haben wir letzten Donnerstag gut lösen können. Eines jener kleinen Bedenken, die man ruhig aussprechen sollte, und es ist gut, daß Sie es ausgesprochen haben. Nun, diese Woche sind Sie, Sally, damit an der Reihe, sich zu entblößen –
Sally:	Doch nicht buchstäblich?
Pfarrer:	Nein, nicht buchstäblich . . . äh, sich zu entblößen und zu offenbaren, welche kleinen,

letzten Bedenken oder Probleme Sie noch haben.
(*Pause*)

Sally: Nun, da ist eine Sache, und – na ja, die Ehe meiner Eltern ist dadurch ruiniert worden, und darum würde ich gerne darüber sprechen.

Pfarrer: Natürlich können wir das, Sally. Worum geht es? (*Pause*) Ist es, äh ... Alkoholismus?

Sally: Nein.

Pfarrer: Äh ... die Finanzen?

Sally: Nein.

Pfarrer: Unvereinbare Gegensätze im Bibelverständnis?

Sally: Nein, das Problem haben wir mit einer Brennschere gelöst.

Pfarrer: Ah! Dann sprechen Sie also von –

Sally: Ja, von der Navigation.

Pfarrer: Ja, in der Tat, und ich kann Ihnen sagen, Sally und Slim, daß viele Ehen am Felsen der Unwissenheit und der Konflikte bezüglich der Navigation Schiffbruch erleiden. So kann etwas, das ein ganz natürliches und fröhliches Erlebnis sein sollte, ganz leicht in Streit und Tränen enden.

Sally: (*Schüchtern*) Wir haben uns Gedanken über (*Pause*) Positionen gemacht ...

Pfarrer: Ja, nun, traditionell ist es so, daß der Mann – das wären in diesem Falle Sie, Slim –

Sally: (*Holt Stift und Notizblock hervor*) Darf ich mir das mal eben notieren ...?

Pfarrer: Traditionell sitzt der Mann auf dem Fahrersitz, während die Frau auf dem Beifahrersitz Platz nimmt mit der ... Karte ... auf ihren Knien. Heutzutage machen es viele Paare lieber umgekehrt, und das ist durchaus völlig in Ordnung. Solange beide Partner dabei glücklich sind und sich wohl fühlen, ist alles andere gleichgültig.

Sally: Wir wollen zur Hochzeitsreise mit dem Auto nach Leeds fahren. Meinen Sie, wir sollten uns den Weg dorthin im voraus suchen, einfach um zu sehen, ob wir es auch schaffen?

Pfarrer: Ich kann Ihnen darüber nur dasselbe sagen, was ich auch allen anderen jungen, verlobten Paaren sage. Es ist vollkommen in Ordnung, kurze Ausflüge und Touren in die grobe Richtung von Leeds zu machen, aber ich muß Ihnen dringend davon abraten, in diesem Stadium bereits den ganzen Weg zu fahren. Ich glaube, Milton Keynes ist weit genug. Und wenn Sie erst einmal bis Nottingham gekommen sind, dürfte es ziemlich schwierig sein, noch Halt zu machen.

Freilich haben sich die Zeiten geändert, seit ich ein junger Mann war. Wenn ich mit einer jungen Dame eine Ausfahrt machte, wäre es mir nie in den Sinn gekommen, auch nur Littlehampton zu verlassen, geschweige denn, den ganzen Weg bis nach Leeds zu fahren. Nicht, daß ich nicht daran interessiert gewesen wäre, wie ich eilends hinzufügen muß. Ich erinnere mich noch gut daran, wie mein Vater mir eine fürchterliche Gardinenpredigt hielt, nachdem er einen Stadtplan von Huddersfield gefunden hatte, der unter meiner Matratze versteckt gewesen war.

Nun, haben Sie noch weitere kleine Fragen oder Probleme? Wenn Sie erst verheiratet sind, werden Sie nach und nach einander mit

Ihren Bedürfnissen kennenlernen, und es wird nicht lange dauern, bis Sie bei jeder Gelegenheit in völliger Harmonie Ihren gemeinsamen Zielort erreichen.

Sally: Wir wollten Sie noch fragen, ob es möglich wäre, wenn wir uns dann tatsächlich auf den Weg nach Leeds machen – ich meine – wenn wir an einer Kreuzung steckenbleiben, und Slim sagt, es sei meine Schuld, weil ich die Karte falsch gelesen hätte, und ich sage, es sei Slims Schuld, weil er nicht einfühlsam genug auf die Wegweiser reagiert hätte, und Slim sagt, er wünschte, er hätte mich überhaupt gar nicht erst geheiratet, und ich ziehe Slim die Blinkleuchte über den Schädel, die wir uns von Onkel Vernon und Tante Grace zur Hochzeit gewünscht haben, und wir bauen einen Unfall, weil Slim vorübergehend das Bewußtsein verliert, und wir drauf und dran sind, das Navigieren ganz aufzugeben ...

Pfarrer: Ja?

Sally: Nun, können Sie uns dann helfen?

Pfarrer: Nein, aber ich kenne jemanden, der das kann, und er ist mit einem Streifenwagen am Himmel unterwegs.

Sally: Buchstäblich?

Pfarrer: Äh ... nein, metaphorisch.

Sally: Vielen Dank, Herr Pfarrer. Sie sind sehr freundlich. Wirklich sehr, *sehr* freundlich ...

Liebe Familie

Eine der sinnlosen Fragen, die ich mir hin und wieder stelle, ist, ob ich mich für seelischen oder körperlichen Schmerz entscheiden würde, wenn ich zwischen beiden wählen müßte. Eine schwierige Frage, nicht wahr – das heißt, so lange, bis man anfängt, die eine oder die andere Art tatsächlich zu erleben. Dann freilich weiß man ganz sicher, daß einem die Art des Leidens lieber wäre, mit der man nicht geschlagen ist.

Bei mir ist es so, daß ich mir jahrelang völlig sicher war, daß nichts schlimmer sein könnte als extremer körperlicher Schmerz. Schließlich gibt es immer Wege, sich von seelischen Qualen abzulenken. Zumindest glaubte ich das, und als ich jünger war, traf das auch meistens zu.

Doch dann hatte ich eine Familie. Sie hat mir viel Freude gebracht, aber auch die Entdeckung einer neuen Art von Schmerz, der damit zusammenhängt, daß man den allmählichen Tod der Unschuld beobachtet; und mehr noch, glaube ich, mit meinen eigenen Unzulänglichkeiten als Vater und Ehemann. Da ich von Natur aus ein bißchen morbide bin, habe ich solche Dinge immer weidlich ausgekostet, aber bisweilen habe ich wirklich unerträglichen Schmerz erlebt, und irgendwie habe ich es verlernt, mich davon abzulenken.

Ich bin sicher, wenn ich plötzlich an einer chronischen, schmerzhaften Krankheit erkranken würde, würde ich mich nach der guten alten Zeit der seelischen Qualen zurücksehnen, aber ich kann immer noch nicht diese ursprüngliche alberne Frage beantworten, die mir durch den Kopf geht.

Ich habe vollstes Mitgefühl mit Jesus in Gethsemane.

Liebe Familie

Liebe Familie, ich schreibe euch an diesem Lagerfeuer,
wo Flammen mir die Wildnis eine Zeit vom Leibe halten,
die mich beäugt mit hungrig glühenden Blicken.
Sie weiß so gut wie ich, daß jedes Feuer irgendwann
herniederbrennt.
Mein Holz ist knapp, und diese Teufel schlafen nie.
Doch ich hab' Licht und Zeit genug, um euch zu schreiben,
liebe Familie, die ihr neben mir in Frieden schlaft,
und euch zu sagen, wie es mich gereut,
euch mit in die Gefahr zu zieh'n.
Ich weiß, die angsterfüllte Finsternis ist meine Sache,
ich hab' kein Recht, euch herzubringen.
Was ich heut' nacht durchkämpfen muß,
wird euch bedrohen,
dabei war es doch niemals euer Kampf.
Gott weiß, ich wünschte, es wär' anders,
wir könnten unser Lager räumen und nach Haus
aufbrechen.
Ich habe eine Wahl.
Doch wenn mich diese Monster anspringen,
gibt es nichts mehr zu wählen,
sie finden allzu leicht mein Blut.
Liebe Familie, wenn ihr dann erwacht
und sorgenvoll die Asche meines Lagerfeuers seht,
laßt mich euch sagen, daß ich sehr wohl weiß,
daß and're euch viel besser führen und schützen könnten.
Sie wären stark und voller Zuversicht und Kraft,
sie wären vieles, das ich niemals bieten kann.
Ich weiß nur, stärker lieben könnten sie euch nicht.

Überflüssige Übungen und sonderbare Sitten

Narren können Moden erfinden, die von weisen Männern getragen werden.

THOMAS FULLER, GNOMOLOGIA, 1732

Rituale, Liturgien, Glaubensbekenntnisse, der Donner vom Sinai: Ich kenne mehr oder weniger die Geschichte dieser Dinge; ihren Aufstieg, Fortschritt und Fall. Könnte der Donner aller zweiunddreißig Azimute, jahrhundertelang täglich wiederholt, mir Gottes Gesetze göttlicher erscheinen lassen? O Bruder, nein.

THOMAS CARLYLE, PAST AND PRESENT, III, 1843

Überflüssige Übungen und sonderbare Sitten

Vor einigen Monaten verbrachte ich einen Vormittag in einer kleinen, unabhängigen evangelikalen Gemeinde in Kent. Ich sprach dort über die Notwendigkeit für jeden einzelnen, jene Begegnung voller explosiver Freude zu erleben, von der wir im Gleichnis vom verlorenen Sohn lesen; jenen Moment, als der Vater seinen heimkehrenden Sohn stürmisch umarmt und ihn mit Liebe, Vergebung und einer Flut wertvoller Geschenke überschüttet. Was ich zu sagen versuchte, war, daß es schwierig, wenn nicht gar unmöglich wäre, Jesus ohne diese Erfahrung nachzufolgen, denn die Liebe ist die größte Motivationskraft von allen.

Nachdem ich geendet hatte, verteilten sich alle in kleine Gruppen (wo wäre die Gemeinde Jesu ohne kleine Gruppen?), um über drei oder vier Fragen zu sprechen, die sich auf das Referat bezogen. Während sie „diskutierten", wanderte ich nervös umher und hoffte, die Leute wären einigermaßen angeregt und warfen nicht alle fünf Minuten heimliche Blicke auf die Uhr. Zum Glück jedoch schienen die Gespräche alle recht lebhaft zu verlaufen, und die Gruppen mußten sozusagen auseinandergehebelt werden, damit wir pünktlich um ein Uhr zu unserem Picknick aufbrechen konnten.

Nach dem Essen gab es noch eine kurze Austauschrunde (wo wäre die Gemeinde Jesu ohne kurze Austauschrunden?) und eine kurze Gebetszeit, um den Tag abzurunden.

„Gut", sagte ich mir, als das letzte „Amen" verklungen war, „jetzt kann ich mich entspannen. Der Vortrag lief gut, die Diskussionen waren lebhaft, die Leute waren nett – Zeit, nach Hause zu gehen."

Erst als ich noch mit einer kleinen Gruppe älterer Leute hinten am Ausgang ins Gespräch kam, merkte ich, wie jämmerlich es mir mißlungen war, meinen Hauptgedanken verständlich zu machen, zumindest, was eine der Anwesenden betraf.

Ihr Name war Beth, und sie war eine von diesen weißhaarigen, nett aussehenden Achtzigjährigen, deren Augen nach vielen Jahren des Lachens von tiefen Falten umgeben sind. Als ich mich zu Beth und zweien ihrer Altersgenossen setzte, erwähnte einer das Stichwort Evangelisation.

„Ich habe schon immer die gute alte Heilsarmee bewundert", sagte der Herr an Beths rechter Seite, „wie die mit ihren Traktaten durch die Kneipen ziehen. Vielleicht sollten wir auch Kontakte zu den Leuten hier in den Kneipen knüpfen – dann könnten wir mit ihnen reden, nicht wahr?"

„Ich nicht", sagte Beth, deren Falten verschwanden, während sie sich auf ihrem Stuhl etwas höher aufrichtete. „Das würde ich *niemals* tun!"

Ich sah sie einen Moment lang an.

„Nehmen wir an", sagte ich, „Jesus würde heute hier durch diese Hintertür hereinkommen und sagen: ‚Beth, ich möchte, daß du mit mir in den *Schwarzen Bären* gehst.' Würden Sie mitgehen?"

„Das würde ich nicht", erwiderte Beth mit zusammengekniffenen Lippen und verschränkte mit einer entschlossenen Geste ihre Hände im Schoß.

„Aber Beth", beharrte ich, „wir reden hier darüber, daß Jesus, der Sohn Gottes, Sie persönlich fragt, ob Sie mit ihm gehen wollen. Würden Sie da nicht gehen?"

„Ich habe in meinem ganzen Leben noch keinen Fuß in eine Gastwirtschaft gesetzt", sagte die alte Dame hartnäckig, „und ich habe nicht vor, jetzt damit anzufangen."

„Aber wenn Jesus selbst Sie bitten würde –"

„Es ist ein gutes Zeugnis", unterbrach mich Beth, „daß mir noch niemals Alkohol über die Lippen gekommen ist, und daran wird sich auch nichts ändern."

„Schön", sagte ich, während ich mich allmählich für mein Thema erwärmte, „er will ja gar nicht, daß Sie irgend etwas Berauschendes trinken; er will Sie nur im ‚Schwarzen Bären' bei sich haben, und –"

Beth schüttelte entschlossen den Kopf: „Nein!"

„Jesus, Gott selbst, der Schöpfer aller Dinge, der Grund, weswegen wir heute alle hier sind – er kommt herein und sagt: ‚Beth, ich brauche dich, du mußt heute mit mir in die Kneipe kommen, also *bitte*, bitte mache eine Ausnahme, nur mir zuliebe.' Würden Sie gehen?"

Ein winziger Sprung der Unsicherheit ging durch Beths Mauer der Prinzipientreue. Ihre Stirn legte sich in Falten, und ihre Finger verknoteten sich miteinander, während sie dieses recht unwahrscheinliche Szenario vor ihrem inneren Auge aufsteigen sah.

„Ich denke", sagte sie endlich, „wenn er *wirklich* einen *wirklich*, *wirklich* guten Grund hätte, mich darum zu bitten, würde ich *vielleicht* mitgehen."

Später, auf dem Weg nach Hause, dachte ich an Beth und daran, daß ihre Prinzipien scheinbar eine stärkere Motivation für sie waren als ihre Beziehung zu Jesus. Mir wurde klar, daß die Punkte, an denen es bei mir selbst hakte, mehr persönlicher als geistlicher Natur waren. War ich mir der Liebe Gottes so bewußt, daß ich ihm folgen würde, wohin immer er wollte? Oder würde ich wie der reiche Jüngling in der Bibel traurig davongehen, weil es da irgendeinen Grundsatz oder ein Problem oder eine Sünde oder eine religiöse Gewohnheit gäbe, die ich einfach nicht loslassen wollte?

Die erschreckende Wahrheit ist, daß diese „Blockaden" sich durchaus als respektable, lobenswerte, ja geistliche Überzeugungen oder Praktiken erweisen könnten, die zur Stellung falscher Götter erhoben worden sind.

Von Menschen gemachte Moden, Gewohnheiten und Verhaltensmuster können eine Menge Probleme verursachen, wenn sie das Leben einer Gemeinde durchdringen. In dieser letzten Fuhre „Kohlköpfe" finden sich eine Reihe Beispiele dafür.

Kohlköpfe

Ich glaube nicht, daß Gott sich sehr darum schert, was für geistlichen Aktivitäten wir nachgehen, solange wir es nur von Herzen tun. Das Problem ist, daß ein Gebet, ein Lobpreis oder eine Anbetung, und wenn sie auch noch so beeindruckend fromm klingen, nur zu leicht zu einem religiösen Verhaltensmuster werden können.

Nehmen wir zum Beispiel das Gebet.

Zwei- bis dreimal im Jahr spreche ich bei einem Abendessen, das von einer sehr aktiven und tatkräftigen Gruppe veranstaltet wird, deren Mitglieder in aller Welt evangelistisch tätig sind. Mir machen diese Abende immer Spaß, aber mir ist aufgefallen, daß dort ein bestimmter Gebetsstil für die Veranstalter und den Redner obligatorisch zu sein scheint, bevor der Abend beginnen können.

Wir stehen dicht gedrängt im Kreis, die Arme um die Schultern des Nachbarn gelegt, wie eine kleine Rugbymannschaft in der Auszeit, wippen auf den Zehen (warum?) und brüllen aggressive Gebete in die Tiefe des Brunnens hinein, den wir mit unseren Leibern bilden. Am Schluß sagt irgend jemand etwas, das ganz wie „hipp, hipp, hurra!" klingt.

Dann beginnt das Abendessen.

Es spricht nichts dagegen, so zu beten – wer bin ich denn, daß ich das kritisieren wollte? Es ist nur so, daß Gewohnheiten leicht hohl werden können.

Ich konnte die Vorstellung nicht abschütteln, was passieren würde, wenn einer dieser heftigen Beter einen Obst- und Gemüseladen übernehmen würde und zur Zeit kein Auslaßventil für seinen frommen Eifer hätte.

Das würde sich vielleicht etwa so abspielen.

Kohlköpfe

Szene: Ein Obst- und Gemüseladen, der Ladenbesitzer, eine Kundin und ein Haufen Kohlköpfe.

Ladenbesitzer: Guten Morgen, gnädige Frau. Kann ich Ihnen helfen?

Kundin: Ich hätte gern einen schönen Kohlkopf, bitte.

Ladenbesitzer: Einen schönen Kohlkopf?

Kundin: Ja, bitte (*deutet*). Der da wäre gerade richtig, vielen Dank.

Ladenbesitzer: Einen Moment, liebe Schwester. Der da wäre *nicht* gerade richtig.

Kundin: Nein? Na, wie wäre es dann mit –?

Ladenbesitzer: Ich glaube, wir sollten hier den Willen Gottes zu erkennen trachten. Vernehmen Sie auch dieses Zeugnis, Schwester?

Kundin: Also, ich wollte eigentlich nur einen Kohlkopf. Ich weiß nicht recht –

Ladenbesitzer: Bringen wir es vor den Herrn. Bringen wir es einfach vor ihn. (*Fängt an zu beten*) Herr, wir wissen, daß du schon vor Anbeginn der Welt einen Kohlkopf für unsere Schwester hier erwählt hast, und wir bitten dich jetzt um deine Leitung. Wir wissen, die Welt sieht nur das Äußere dieser Kohlköpfe, aber du, Herr, siehst das Innere an. Du siehst das Herz. Wir beten, daß der Kohlkopf unserer Schwester ein Herz für dich haben möge, Herr.
Wir *beanspruchen* diesen Kohlkopf!

Wir *versiegeln* diesen Kohlkopf! Ergreife Besitz von deinem Grünzeug, o Herr!
Herr, wir bitten, daß auch wir, wie diese Früchte deiner Fülle, uns voll Freudigkeit für dich schneiden, kochen, trocknen und verzehren lassen, Herr. Segne deinen auserwählten Kohlkopf an unserer Schwester, Herr, und unsere Schwester an ihrem rechtmäßigen Kohlkopf – ob er nun ein Begleiter des Würstchens sein wird, Herr, oder, Herr, ein Nächster des Fischstäbchens. Oder gar, Herr, eine Beilage zum Kalbskotelett: Sie und wir sind nur Krautsalat in deinen Händen, und wir bitten einfach jetzt, daß wir eine Entscheidung nach deinem Willen treffen mögen.
Herr, wir wissen, vor dir gibt es keinen methodistischen Kohlkopf, keinen pfingstlerischen Rosenkohl und keine renitente Rübe, keine quäkerische Möhre, keine unierte Aubergine und keine Heilsarmee-Pastinake, keinen baptistischen Lauch und keine anglikanische Kartoffel. Herr, wir sind alle nur Gemüse in deinen Augen. Und nun beten wir um Leitung für unsere Schwester.
Und wir sagen zu den Raupen des Zweifels und zu den Schnecken der Ungewißheit – „Geht!“ sagen wir. „Auf der Stelle! Wir gebieten euch, und wir bringen euch zum Schwei-

gen, und wir treiben euch aus aus der Mitte dieser Kohlköpfe – jetzt!"

Und nun, Herr, bitten wir, daß der vorbestimmte Kohlkopf deiner Dienerin sich *erheben möge*! (*Ein Kohlkopf springt in die Höhe und wird von dem Ladenbesitzer aufgefangen, der ihn lässig in eine Tüte befördert und der Kundin reicht*) Das wären fünfundsiebzig Pfennige, bitte.

Kundin: Vielen Dank! Schönen Tag auch noch! (*Ab*)

ENDE

Türen

Die Sprache der Bibel und der Gemeinde Jesu (und übrigens auch die der Welt) ist voller Reichtümer. Warum aber leben dann so viele freiwillig in Armut? Fürchten wir uns vor der Sprache? Haben wir Angst, es könnte ein ernsthaftes Verteilungsproblem eintreten, wenn uns, nachdem wir alles genommen haben, was wir brauchen, immer noch zwölf herrliche, zum Überfließen volle Körbe mit einer unendlichen Vielfalt köstlicher Wörter übrigbleiben?

Nehmen wir zum Beispiel Metaphern. Davon benutzen wir nur ungefähr zwei. Hier ist eine davon, die vielleicht schon ihr Verfallsdatum überschritten hat.

Türen

Interviewer:	Nun, Mr. Williams, Sie und Ihre Frau haben kürzlich eine Erfahrung mit der Führung Gottes gemacht. Würden Sie uns davon erzählen?
Williams:	Nun, es passierte folgendes – wir probierten eine Tür aus, von der wir glaubten, der Herr würde sie für uns auftun, doch als wir sozusagen dagegendrückten, stellten wir fest, daß sie verschlossen war. Also versuchten wir es mit einer anderen Tür, und diesmal ging sie auf; also gingen wir hindurch, und auf der anderen Seite befand sich eine weitere Tür, die jedoch verschlossen war wie die erste. Und als wir kehrtmachten und versuchten, durch die vorherige Tür zurückzugehen – also die zweite Tür –, merkten wir, daß sie sich hinter uns geschlossen hatte, so daß wir zwischen den beiden Türen eingeschlossen waren. Darum mußten wir sozusagen durchs Oberlicht hinausklettern, und wir kamen durch ein anderes Oberlicht wieder herunter und standen vor einer, äh ... vierten Tür. Diese Tür stand ein wenig offen, also drückte ich dagegen, aber sie hing an einer sehr starken Feder, so daß sie zurückschwang und mir ziemlich hart ins Gesicht schlug. Also bedrohte ich an dieser Stelle die Tür – und all die anderen Türen auch –, und

	wir fragten uns, ob durch solche Türen vielleicht Einlässe für dämonische Dinge entstehen könnten. Also beschlossen wir, den Willen des Herrn zu erforschen, indem wir ihm ein Vlies vorlegten, aber . . . nun, der Herr hat uns jene Tür verschlossen.
Interviewer:	Mr. Williams, worüber genau wollten sie denn die Führung des Herrn erlangen?
Williams:	Ob wir ein Haus mit offenen Durchgängen bauen sollten oder eines mit Türen . . .

Allegorie

Ich bin ein großer Bewunderer der Narnia-Bücher von C. S. Lewis. Ganz abgesehen von ihrem reinen Unterhaltungswert eröffnen sie alle möglichen Gedanken und Perspektiven, mit denen zu spielen sehr interessant ist. Die meisten Kinder lieben sie, auch wenn manche Leute darüber die Nase rümpfen.

Was ist mit modernen sogenannten „christlichen Büchern“ für Kinder los? Natürlich gibt es auch ein paar gute darunter, aber die Dampfhammer-Metaphern in manchen Veröffentlichungen finde ich ausgesprochen abstoßend, und ich kann mir nicht denken, was ein so seichtes Geschreibsel für einen Sinn haben soll.

Ich könnte mich noch seitenlang darüber auslassen, aber ich habe mich schon in ein oder zwei anderen Büchern über dieses Thema geäußert, so daß Sie sich vermutlich fragten, wie ich andere für ihre Seichtigkeit kritisieren kann, wenn ich selbst mich nicht entblöde, langweilig zu sein.

Also gut! Ich gebe nach – hier ist meine eigene „Allegorie“.

Allegorie

„Wo in aller Welt ist Flossy-Anne?“

Pimplys Stimme schwebte durch die Terrassentür ins Wohnzimmer. Sticky und Fangio blickten von dem Ozean aus selbstgebackenem Brot, frischen Eiern, gekochtem Schinken, selbstgemachter Butter, dicker Erdbeermarmelade, dickem Pflaumenkuchen und sahniger Kuhmilch auf, den Tante Enid sie jedesmal durchpflügen ließ, wenn sie in den Ferien nach Hause kamen.

Sticky war ein stämmiger Zwölfjähriger mit einem offenen freien Gesichtsausdruck unter den hellen, borstigen Haaren. Tante Enid nannte ihn Sticky, seit er ein kleiner Junge gewesen war, nicht nur wegen seiner Haare, sondern auch wegen einer gewissen Feuchtigkeit seines Händedrucks.

„Ich habe Flossy-Anne seit einer Ewigkeit nicht gesehen“, murmelte Fangio. „Schwestern sind einfach nur lästig, stimmt's, Sticky?“

Die beiden Freunde grinsten einander an. Sticky war die elfjährige Pimply ebenso zuwider, wie Fangio die zehnjährige Flossy-Anne verabscheute. Fangio war ein düsterer, launenhafter Junge, der zu mancherlei Impulsen fähig war, allerdings nur sehr vereinzelt.

„Ich glaube, sie steckt immer noch oben in Tante Enids Kleiderschrank“, rief Sticky, in dessen Mund ein Bissen halbzerkauten Brotes mit selbstgemachter Butter steckte.

„O nein, ist sie etwa schon wieder auf der Suche nach geheimen Welten?“ In Pimplys Stimme schwang eine Mischung aus Gereiztheit und Zuneigung, als sie sich ins Zimmer schlich. Mit ihren über ein Meter achtzig hatte Pimply ihren Spitznamen von Tante Enid erhalten, um die Aufmerksamkeit von ihrer Größe abzulenken, doch in letzter Zeit wurde ihre Gesichtshaut schlechter, so daß sie „in ihren Namen hineinzuwachsen“ schien, wie Tante Enid es ausdrückte.

„Und wenn ich das wäre? Wir haben seit einer Ewigkeit keine gute Allegorie mehr zu hören bekommen.“

Die hohe, lispelnde Stimme, die vom Durchgang zur Diele zu ihnen drang, verkündete, daß das vierte Mitglied der Gruppe anwesend war. Flossy-Anne, Fangios kleine Schwester, war ein kleines Mädchen mit krausen Haaren und vorstehenden Augen, auf dessen Gesicht ein permanenter Ausdruck des Staunens lag. Einer ihrer Arme war ein wenig länger als der andere.

„Also da steckt ihr alle!“ Die Stimme klang gedämpft.

Aller Augen wandten sich aufwärts dem Oberlicht zu, als Tante Enids Gesicht hinter der Glasscheibe erschien. Sie öffnete das Fenster, warf ein Seilende ins Zimmer hinab und ließ kurz darauf ihre mit einem Bikini bekleidete Gestalt auf den Boden hinabgleiten.

„Ich habe mit euch ein Hühnchen zu rupfen!“ sagte sie. „Ich versuche mich dort oben auf dem Dach zu entspannen, und die ganze Zeit höre ich einen Krach, als ob das Haus zusammenstürzt. Was ist los?“

Flossy-Anne lief hellviolett an und versuchte vergeblich, eine kleine Axt hinter ihrem Rücken zu verbergen. Die anderen Kinder grinsten einander an. Flossy-Anne schien immer den falschen Arm zu erwischen!

„Ich fürchte, das war ich“, sagte sie. „Ich habe die Rückwand von deinem Kleiderschrank herausgeschlagen, um zu gucken, ob Narnia dahinter liegt. Aber ich habe es nicht gefunden“, fügte sie hinzu, wobei sie ein so belemmertes Gesicht machte, daß selbst Tante Enid lachen mußte.

„Ihr Kinder und eure Allegorien“, lächelte sie. „Könnt ihr

nicht wenigstens einmal in den Ferien etwas tun, was ein bißchen weniger symbolisch ist?"

Tante Enid betrachtete ihre vier Schützlinge mit einer Mischung aus Zuneigung und Gereiztheit. Alle grinsten einander an. Sticky, Pimply, Fangio und Flossy-Anne verbrachten schon seit vierundzwanzig Jahren ihre Schulferien bei Tante Enid. Keiner von ihnen wurde je älter, und bisher hatte noch keiner von ihnen die Toilette benutzt.

„Erinnert euch nur, was gestern passiert ist", sagte Tante Enid. „Sticky hat versucht, durch das Bild an seiner Zimmerwand zu klettern, stimmt's, Sticky?"

Sticky grinste.

„Und am Tag davor mußte ich die Feuerwehr rufen, damit sie Fangio aus dem Inneren der alten hohlen Eiche unten im Garten befreite."

Fangio sah sie mit einer Mischung aus Zuneigung und Gereiztheit an.

„Du hast gut reden, Tante Enid", sagte er, „du bist schließlich eine erwachsene Christin. Für dich ist das Leben ein einziges, ausgedehntes geistliches Abenteuer. Wir Kinder haben Schwierigkeiten, das zu verstehen. Wir müssen die Wirklichkeit auf dem Umweg über synchronistische Phantasieerzählungen erfahren. Außerdem sind wir nach vierundzwanzig Jahren längst süchtig nach Allegorien. Wir brauchen unseren Schuß, und deshalb sind wir alle auf der Jagd nach dem geheimen Eingang dieses Sommers. Morgen werde ich mal in der Kloschüssel nachschauen – da wir sie nie benutzen, dürfte es schließlich mit der Hygiene kein Problem geben."

Tante Enid seufzte. „Nun, ich weiß nicht, was ich sagen soll. Ich habe gegrinst, und ich habe euch mit einer Mischung aus Zuneigung und Gereiztheit angesehen. Was kann ich noch tun?"

„Also, ich glaube, Tante Enid hat recht", sagte Pimply ernsthaft. „Warum können wir nicht einfach hierbleiben und in den Gottesdienst gehen und echte Abenteuer mit Gott erleben, wie es die Erwachsenen tun?“

Obwohl Fangio seine Schwester verabscheute, mochte er sie gleichzeitig auch sehr gern. Er konnte nicht mit ansehen, wie sie sich zum Narren machte.

„Pimply“, sagte er freundlich, „es müssen Allegorien sein, denn Allegorien lassen sich verkaufen, geistliche Abenteuer nicht. Du mußt säkular denken, du mußt an Montanus denken, an Hugendubel, an die Bahnhofsbuchhandlungen. Wenn uns niemand liest, dann gibt es uns gar nicht, stimmt's?“

„Ich werde morgen im Keller nach geheimen Türen suchen“, sagte Pimply.

Alle grinsten einander an.

Spielchen spielen

Inzwischen scheint unser Schriftsteller wiederauferstanden zu sein. Er ist wieder zurück auf der Erde und macht sich ein wenig Sorgen um seine Tantiemen – falls er überhaupt welche bekommt.

In allen Bereichen spezifisch christlicher Arbeit kann die Spannung zwischen kommerziellen und geistlichen Gesichtspunkten zu allen möglichen Spielchen führen, die gebührend durchgespielt werden müssen, bevor man zu einer Lösung gelangen kann.

Ich hoffe, daß der gute alte Rodney bekommt, was er wirklich braucht.

Spielchen spielen

S = Schriftsteller
V = Verlegerin

S: Hallo, Crystal, hier ist Rodney – Rodney Fuller.
V: Rodney! Wie schön! Wie *geht* es Ihnen? Großartig, Ihre Stimme zu hören!
S: Danke, mir geht es gut, Crystal. Ich rufe nur an, um mich zu erkundigen, wie das Buch läuft.
V: Das Buch! Nun ja –
S: Ja, meine Allegorie für Kinder – *Schlabberglabbers Schlupfloch*.
V: Ja, richtig! Nun, Rodney, wir fühlen uns sehr ermutigt!
S: Tatsächlich? Durch die Verkaufszahlen, meinen Sie?
V: Wir betrachten Ihr Buch als eine sehr bedeutende Ergänzung unserer Lagerliste.
S: Oh! Aber was die Verkäufe angeht – da habe ich mich gefragt – ich meine – ich bin im Moment etwas knapp bei Kasse. Ich habe mich gefragt, ob vielleicht irgendwelche Tantiemen zu erwarten sind, wenn –
V: Rodney, wir alle – Verleger und Autoren – gehören in dieser Arbeit zur Mannschaft des Herrn, ist es nicht so? Zumindest ist das für mich die oberste Priorität.
S: Mmm . . . es ist nur so, daß Sie offenbar nicht allzuviel in die Werbung investiert haben.
V: Sie dürfen nicht vergessen, daß ein Verlag wirtschaftlich arbeiten muß, Rodney. Wir können es uns nicht erlauben, Luftschlösser zu bauen, oder? Werbung ist kostspielig.
S: Nun, wie viele Exemplare sind denn nun eigentlich verkauft worden?
V: Wir sind ungemein ermutigt!
S: Ja, das sagten Sie bereits, aber sie haben mir immer noch keine konkreten Zahlen genannt.

V: Schön, lassen Sie es mich so ausdrücken – sobald wir die Fünftausendermarke erreichen, werden wir sofort in die zweite Auflage gehen – vielleicht sogar schon früher!

S: Dann habe ich also fast fünftausend Exemplare verkauft?

V: Das nicht, aber falls wir jemals die Fünftausendermarke erreichen sollten, würden wir –

S: Crystal, wie viele Bücher habe ich verkauft?

V: Was entsteht aus winzigen Eicheln, Rodney?

S: Mächtige Eichen! Wie viele Bücher habe ich verkauft?

V: Wie viele Leute hat unser Herr als Basis der weltweiten Gemeinde Jesu gebraucht?

S: Zwölf! Wie viele Bücher – Moment mal! Wollen Sie damit sagen, daß ich *zwölf* Exemplare verkauft habe? Zwölf! Sie haben mir gesagt, dieses Buch werde der Kinderliteratur des zwanzigsten Jahrhunderts ein neues Gesicht geben! Wie soll das vor sich gehen, wenn es bisher erst zwölf Leute gekauft haben?

V: So habe ich es natürlich nicht gemeint, Rodney. Wir hatten ein kleines Problem – äh ... gleich nachdem Ihr Buch erschienen war, stellten wir fest, daß es bereits ein Kinderbuch mit dem Titel *Schlibberglubbers Schlammgrube* auf dem Markt gab, das mit *Schlabberglabbers Schlupfloch* leicht zu verwechseln ist, und das hat uns ein paar verzwickte Probleme gemacht. Aber nein, Ihre Verkaufszahlen liegen weit über, äh ... nun, äh ... nun, also, wir sind ungemein ermutigt.

S: Ich habe genug davon, Crystal! Ich sage es Ihnen am besten gleich – ich habe mir einen Agenten genommen.

V: Sie haben was? Einen Agenten? Rodney, das ist ja schrecklich! Das ist – warten Sie mal. Ist er Christ?

S: Ja, das ist er.

V: Na, dann ist es ja gut ...

ENDE

Trapezkünstler

Als ich mit dem Schreiben anfing, riet man mir, „den Markt zu studieren". Das ist ein sehr guter Ratschlag, besonders für jemanden, der für eine bestimmte Art von Magazin oder Zeitschrift schreiben möchte. Ich kaufte mir also alle christlichen Zeitschriften und Zeitungen und schaute sie mir an, um herauszufinden, was für Sachen ich produzieren sollte.

Soweit ich feststellen konnte, waren die beliebtesten Artikel diejenigen, in denen jemand, der gerade ein Buch geschrieben hatte, seine Leser freundlich, aber bestimmt über einen entscheidenden Bereich ihres Lebens belehrte, in dem sie unzulängliche Leistungen erbrachten. Begleitet wurde ein solcher Artikel dann von einem Kasten mit fünf, acht oder gar zehn hilfreichen Tips, um die Leser daran zu erinnern, wie man es richtig machte. Ich habe versucht, selbst so einen Artikel zu schreiben, aber mir war nicht recht wohl bei der Sache.

Nur Andy Butchers Einfallsreichtum und Mary Reids Mut ist es zu verdanken, daß etwas so Ungewöhnliches wie das *Tagebuch eines frommen Chaoten* als Kolumne im *Family Magazine*, wo es zum ersten Mal das Licht der Welt erblickte, erscheinen konnte.

Mein Rat an einen beginnenden Schriftsteller heute wäre dem, den ich selbst bekommen habe, sehr ähnlich, nur daß ich noch etwas hinzufügen würde. Wenn Sie den Markt studiert und gründlich verstanden haben – machen Sie etwas ganz anderes. Machen Sie etwas, das widerspiegelt, was, wo und wer Sie sind. Finden Sie heraus, wer die Grenzen gezogen hat, an die Sie stoßen, und wenn es nicht Gott war, dann unterziehen Sie sie einer sehr genauen Prüfung.

Es hat mir viel Spaß gemacht, den folgenden Text zu schreiben, wenn ich auch sehr hoffe, daß der Stil und Inhalt, den ich darin karikiere, allmählich das Schicksal der Dinosaurier teilen wird. Wenn Sie ein Beispiel für christliche Literatur mit echtem Tiefgang lesen wollen – versuchen Sie es mit der Bibel.

Trapezkünstler

Zitternd vor Furcht umklammerte die alte Dame die Trapezstange so fest, daß ihre Knöchel unter dem Druck weiß hervorstachen. Sie blickte hinab zu dem mit Sägespänen bestreuten Boden, dreißig Meter unter der winzigen Plattform, auf der sie stand, und fragte sich im stillen ein weiteres Mal, warum sie mit ihren dreiundachtzig Jahren ins Leere hinausspringen wollte, gehalten nur von jenem dünnen Stück Holz, an das sich ihre arthritischen Hände mit solch ängstlicher Intensität klammerten. Während sie ihre trockenen Lippen mit der Zungenspitze befeuchtete, rief sie sich mühsam den Rat in Erinnerung, den Dave und Sheena ihr gegeben hatten.

„Sieh nicht nach unten – konzentriere dich auf das, was hier oben vor sich geht. Denk daran, daß Gott die Schwerkraft geschaffen hat, genau wie alles andere . . ."

Plötzlich war der Zeitpunkt gekommen. Sanft, aber unnachgiebig, drückten sich Daves Hände gegen ihre Lendenwirbel, bis sie über den Rand der Plattform taumelte und hinaus durch den leeren Raum unter dem riesigen Zeltdach schwang. Einen Moment lang empfand sie ein Hochgefühl, dem jedoch ein Stich der Angst folgte, als sie spürte, wie ihre Finger langsam, aber unaufhaltsam von der Stange abglitten. Vage drang Sheenas ermutigendes Lächeln in ihr Bewußtsein, als das gegenüberliegende Trapez an ihr vorbeischwang, und dann fiel sie hinab in die Tiefe, bis ihr Leib mit markerschütternder Wucht auf dem Sicherheitsnetz aufschlug, zwei- oder dreimal wieder emporhüpfte und dann wie ein Pfund Würstchen in einem Einkaufsnetz liegenblieb. Ein paar Prellungen, hier und da vielleicht ein kleiner Knochenbruch, doch als die über achtzigjährige Akrobatin vorsichtig aus dem Netz gehoben wurde, lag ein Lächeln auf ihrem Gesicht. Ein leiser „Halleluja"-Ruf von der Plattform hoch droben verriet, daß Dave nicht entgangen war, daß er und Sheena wieder einmal eine zufriedene „Kundin" hatten!

Es ist jetzt zehn Jahre her, seit Dave Bolden, heute ein schlanker und jugendlich wirkender Mann Anfang der Vierzig, erkannte, daß Gott ihm mit aller Deutlichkeit klarmachen wollte, daß Hochtrapezakrobatik für die ganze Gemeinde Jesu verbindlich ist, nicht nur für ein paar besonders Auserwählte.

„Eine Weile kämpfte ich dagegen an", sagt Dave, dessen einnehmendes Gesicht sich bei der Erinnerung zu einem Lächeln verzieht, „doch nach ein paar Stürzen aus dreißig Meter Höhe ohne Sicherheitsnetz fing ich an, sehr ernsthaft über die Richtung nachzudenken, in der ich unterwegs war. Der Herr hat viel Sinn für Humor!" schmunzelt er.

Wie steht es mit der biblischen Basis für diese Offenbarungen?

„Seien wir ehrlich", entgegnet Dave sarkastisch, „man kann alles beweisen oder widerlegen, wenn man nicht davor zurückschreckt, Bibelstellen zu verdrehen, bis sie zu der Wahrheit passen, wie man sie sehen will. Ich muß allerdings sagen, daß insbesondere die Apostelgeschichte meiner Meinung nach nahelegt, daß möglicherweise Petrus, ganz sicher aber der Apostel Paulus selbst hervorragende Hochtrapezkünstler waren. Mir erscheint es sogar ganz offensichtlich, daß Luftakrobatik ein normaler Bestandteil des Alltagslebens in der frühen Gemeinde war. In unserer Zeit ist sie nicht mehr gebräuchlich, und dagegen möchten wir einfach etwas unternehmen."

Ist Dave auf irgendwelche besonderen Schwierigkeiten gestoßen, als er seinen Dienst aufbaute?

Ein ehrfürchtiger Ausdruck erscheint auf Daves gutgeschnittenen Zügen. „Es war ein wahres Wunder, besonders, als es darum ging, ein Zirkuszelt zu beschaffen." Er schüttelt, immer noch fassungslos, den Kopf. „Ich wurde buchstäblich Schritt für Schritt geführt. Ich kaufte mir eine Zeitschrift namens *Zirkuszelt-Revue* – ganz zufällig, wohlgemerkt – und blätterte eines Tages ziellos darin herum, als mir eine Anzeige von der Seite entgegen genau zwischen die Augen zu springen schien. Sie lautete ‚Zirkuszelt zu verkaufen', und dann stand da eine Telefonnummer."

Daves attraktive, professionell geschminkte Frau Sheena greift, die grünen Augen leuchtend vor Begeisterung, den Faden auf.

„Ich wählte die Nummer, und als ich mit dem Mann am anderen Ende redete, traute ich kaum meinen Ohren. Er hatte ein Zirkuszelt zu verkaufen! Und die Summe, die er dafür haben wollte, entsprach fast genau der Summe, die wir zur Verfügung hatten."

Dave schaltet sich wieder ein.

„Wir waren dann nicht ganz sicher, was wir tun sollten, also riefen wir all unsere gläubigen Freunde an, um uns Rat zu holen." Tränen steigen in Daves Augen auf, als er fortfährt. „Es war umwerfend! *Alle* rieten uns dasselbe. Warum schlagt ihr dem Mann nicht vor, daß ihr ihm das Geld gebt, das er haben möchte, und er euch im Austausch sein Zirkuszelt überläßt? Als wir ihn zurückriefen und ihm diesen Vorschlag unterbreiteten, war er sofort einverstanden, und das schien uns gewissermaßen die endgültige Bestätigung zu sein. Wir waren so aufgeregt, daß Sheena auf meine Schultern sprang und nach einem doppelten Salto rückwärts mit Hechtrolle und dreifacher Drehung genau auf meinem Großvater väterlicherseits landete, der gerade bei uns zu Besuch war."

Sheena kichert und offenbart zwei Reihen perfekt geformter Zähne.

„Ich war tatsächlich ein bißchen aufgeregt", gesteht sie

mit einem schalkhaften Blinzeln, „aber Opa hatte Verständnis – nachdem er wieder bei Bewußtsein war.“

Beide lachen und schauen einander in die Augen. Man spürt, daß dieses Paar immer noch sehr verliebt ist.

Im Lauf des letzten Jahrzehnts haben viele Leute aufgrund von Daves tiefer Überzeugung, daß der Herr all seine Kinder an der Hochtrapezkunst teilhaben lassen möchte, „für Gott geschaukelt“. Gibt es Bereiche innerhalb der Gemeinde Jesu, die weniger bereitwillig reagiert haben als andere?

Dave nickt ernsthaft. „Die Älteren und Gebrechlichen waren sehr schwerfällig in ihrer Reaktion, ebenso wie die sehbehinderten und blinden Leute. Ihnen widerstrebt es besonders, den Schritt von der Plattform herab zu tun, wenn wir sie erst einmal oben haben.“ Sein sonst so heiteres Gesicht umwölkt sich plötzlich. „Ich denke, es ist einfach eine Frage des Vertrauens. Die Welt sagt, es sei sinnlos, dreißig Meter über dem Boden ins Leere zu treten, wenn man blind sei und keine Erfahrungen am Trapez habe, aber wir sind nicht von dieser Welt und sollten eigentlich andere Maßstäbe haben.“

Gibt es denn Gefahren?

Das alte Lächeln kehrt in Daves Gesicht zurück. Er fängt Sheenas Blick auf, und beide lachen. Diese Frage ist ihnen in der Vergangenheit schon viele Male gestellt worden.

„Lassen Sie es mich so ausdrücken“, erklärt er, „es ist viel gefährlicher, mit einer Augenbinde über die Autobahn zu gehen, wenn der Verkehr mit voller Geschwindigkeit fließt. Warum sollte man etwas so Riskantes tun, wenn man statt dessen hier etwas tun könnte, das sich wirklich lohnt?“

Auf diese Frage scheint es keine Antwort zu geben, und es bliebe auch ohnehin keine Zeit dafür. In der Ferne sind zwei Männer zu sehen, die gerade den nächsten Kandidaten für den Gehorsam in der Höhe auf einer Trage hereinbringen. Mit einem blendenden Lächeln von Sheena und einem freundlichen Winken von Dave ist das schlanke Paar auf und davon. Christen bekommen oft zu hören, es sei gut, „mit beiden Beinen auf dem Boden zu stehen". Wer Dave und Sheena Bolden kennt, ist sich da nicht mehr so sicher!

Dave Boldens fünf nützliche Tips

1) **NEHMEN** Sie Kontakt zum nächsten Zirkus auf, und erkundigen Sie sich, wie offen man dort dafür ist, Gemeindegliedern Zugang zu gewähren. Christen haben ein von Gott gegebenes Recht auf den Gebrauch der Trapezgeräte.

2) **SCHEUEN** Sie sich nicht, eine Lebensversicherung abzuschließen, bevor Sie „den Sprung wagen". Christen sind nicht dazu verpflichtet, allen gesunden Menschenverstand fahrenzulassen, nur weil sie tun, was Gott ihnen aufgetragen hat!

3) **REDEN** Sie mit Ihrem Pfarrer, Ältesten oder Gemeindeleiter darüber, daß Sie dreißig Meter über dem Boden akrobatische Übungen vollführen wollen. Er wird sicherlich einige hilfreiche Hinweise dazu beizusteuern haben.

4) **LASSEN** Sie sich nicht von „Horrorgeschichten" abschrecken, wie sie von anderen verbreitet werden. Leute, die von Tod und schweren Verletzungen reden, sind selten diejenigen, die tatsächlich dergleichen erlitten haben.

5) **DENKEN** Sie daran, daß nichtgläubige Zirkusangestellte Sie beobachten werden, während Sie zu jener kleinen Plattform emporsteigen. Wenn Sie mit einem langen Gesicht und voller Panik da oben stehen, was sollen die anderen dann vom christlichen Glauben denken? Genießen Sie es – und lassen Sie es sich anmerken!

Wie man eine Veranstaltung eröffnet

Das folgende Stück habe ich noch im letzten Moment mit aufgenommen, weil es durch eine Predigt inspiriert ist, die ich erst neulich gehört habe. Wenn Sie sich vorstellen können, wie Basil Fawlty, bekehrt, aber unverändert, sich durch die Aufgabe windet, eine Versammlung in einer besonders „ungeschmückten" Kirche zu eröffnen, dann haben Sie ein ziemlich zutreffendes Bild von dem Burschen, der diese „Verkündigung" hält.

Am liebsten hätte ich den Rest seiner Ansprache auch noch mit aufgenommen, aber so ein Buch darf nicht zu dick werden, und ich fürchte, Ihnen würde der Kopf abheben und in die Erdumlaufbahn entschweben. Kann sein, daß er das sowieso schon tut.

Wie man eine Veranstaltung eröffnet

Darf ich gleich zu Anfang sagen, daß es uns in ein paar Minuten eine Menge Zeit ersparen wird, wenn ich *jetzt* auf etwas zurückkomme, das ich zuvor gesagt haben werde? Können Sie mir folgen?

Ich möchte damit beginnen, daß ich eine humorvolle Geschichte erzähle. Ihr Zweck besteht darin, daß Sie als Zuhörer sich entspannen, um aufnahmebereiter für die ernsteren Gedanken zu werden, die ich hinterher äußern werde. Wenn Sie sich also Notizen machen wollen, würde ich vorschlagen, daß Sie darauf verzichten, diesen ersten Teil aufzuzeichnen, denn der wird ja die humorvolle Geschichte beinhalten. Fühlen Sie sich aber völlig frei, die humorvolle Geschichte aufzuzeichnen, falls Sie sie nach dem Gottesdienst an jemanden anderes weitergeben möchten, obwohl es natürlich keinen Sinn haben wird, die humorvolle Geschichte jemandem weiterzuerzählen, der jetzt hier anwesend ist, denn der wird sie ja schon gehört haben, es sei denn, er hätte mitten in der humorvollen Geschichte, bevor sie ihren klimaktischen Gipfel erreicht, gehen müssen.

Nachdem die humorvolle Geschichte beendet und das solchermaßen erzeugte Gelächter erstorben ist, werde ich zu drei Gliederungspunkten sprechen, die alle mit einem „P" beginnen. Plagen, Prüfungen und Pestilenzen – drei Bereiche, von denen ich glaube, daß sie auf das trefflichste die Liebe Gottes illustrieren.

Doch zuerst, wie versprochen, die entspannende, humorvolle Geschichte. Diejenigen unter Ihnen, die sich heute morgen etwas nervös fühlen, werden in etwa einer Minute entspannt genug sein, um das Urteil zu hören, das Gott über diejenigen unter uns verkündet, für die es bestimmt ist.

Es handelt sich um eine humorvolle Geschichte, die in ihrer ursprünglichen Form für die Ohren der Auserwählten gänzlich ungeeignet ist. Darum habe ich den Inhalt etwas überarbeitet, so daß sie nun nicht weniger humorvoll, aber erheblich erbaulicher ist.

Sie handelt von einer männlichen Person, die an eine andere männliche Person die folgende Frage richtet:

„Wer war die Frau, mit der ich dich gestern abend gesehen habe?"

Die andere männliche Person erwidert in einem Tonfall gerechter, doch durchaus erklärlicher Empörung mit den folgenden Worten:

„Die betreffende Dame war zufällig meine Ehefrau, und das bereits seit drei Jahrzehnten."

Ich werde jetzt einige Augenblicke warten, während das durch die humorvolle Geschichte hervorgerufene Gelächter seinen Lauf nimmt. Wir kommen wieder zur Ruhe, bitte.

Nun, damit sind wir am Ende des heiteren Teils, und nun bin ich sicher, daß die meisten von uns mehr als bereit sind für unser erstes „P" heute morgen.

Plagen! Und wie sehr wir sie heute in der Gemeinde nötig haben . . .

Bilder von Gott

Die Verehrung falscher Bilder gehört nicht zu den Sünden, von denen in der Gemeinde Jesu des zwanzigsten Jahrhunderts sehr viel die Rede ist. Wenn überhaupt davon gesprochen wird, setzt man sie meistens mit einer übersteigerten Bindung an Besitztümer wie Autos oder Häuser gleich. Schließlich findet man in einem durchschnittlichen britischen Wohnzimmer nicht allzu viele goldene Kälber oder Baalsstatuen.

Doch es gibt noch eine andere und heimtückischere Art und Weise, in der gerade Christen auch heute noch diesem Gebot ungehorsam sind.

Wir alle tun das in höherem oder geringerem Maße. Wegen unserer individuellen Erziehung, unserer Lebenserfahrungen und unserer ererbten Reaktionsmuster neigen wir dazu, unsere persönlichen Bilder von Gott mit Attributen zu versehen, die mehr mit uns als mit Gott, wie er wirklich ist, zu tun haben.

Oft, vielleicht sogar meistens, haben Leute Schwierigkeiten, den Gedanken, daß Gott unser Vater ist, von ihren Erinnerungen an ihren eigenen, unzulänglichen Vater zu trennen. Irdische Väter können grausam oder verwöhnend oder emotional unberechenbar sein. Das Kind in uns klammert sich unbewußt an diese negativen Erinnerungen und ist so unfähig, die Vorstellung von Gott als einem vollkommenen Vater vom Kopf ins Herz sinken zu lassen.

In jeder beliebigen Gemeinde wird man eine seltsame, vielfältige Auswahl an Gottesbildern vorfinden, die jeden Sonntag angebetet und verehrt wird.

Ich habe schon anderswo davon erzählt, wie ein Freund von mir, als er Bischof Peter Ball von seinem Glauben reden hörte, sagte: „Der kennt einen ganz anderen Gott als ich – sein Gott ist nett!“

Es gibt viele verzerrte Vorstellungen von der göttlichen Persönlichkeit. Hier sind drei, die besonders häufig anzutreffen sind.

Bilder von Gott

1) Gott als Bankmanager

Ah, Mr. Brown, nehmen Sie Platz,
was sollen wir nur tun?
Denn Ihre einstige Bonität,
die fehlt uns schmerzlich nun.
Ihr Sündenkonto ist im Minus
mit Lust, Habgier und Neid,
doch leider steht nur wenig hier
auf Ihrer Haben-Seite.
Im Böses tun, da waren Sie
stets ungewöhnlich fleißig,
die einzig gute Tat jedoch
war neunzehnhundertdreißig.
Kurzum, in Anbetracht der Lage,
bis Sie die Schuld begleichen,
bleibt uns, bedaure, keine Wahl,
als Ihren Kredit zu streichen.

2) Gott als seniler, alter Mann

Hallo! Ja, hier spricht Gott – wer da?
Hallo! Was sagten Sie?

Mag sein, daß Sie gebetet haben,
doch hörte ich es nie.
Mehrmals gebeten haben Sie mich?
Nun ja, in letzter Zeit
reicht leider immer öfter mein
Gedächtnis nicht mehr weit.
O ja, die Last liegt schwer auf mir,
ein zentnerschwerer Brocken.
Die Engel sind auch nicht mehr jung
und haben Geflügelpocken.
Strengen Sie sich nur nicht zu sehr an,
um fromm und gut zu sein;
der Himmel ist nicht mehr, was er war
in diesem Altersheim.

3) Gott als Hippie

Nichts ist falsch, und nichts ist recht,
und nichts ist zwischen beiden.
All diese Regeln und Gesetze,
die kann ich gar nicht leiden.
Die Leute sind nun mal verschieden,
sie finden mich, mein Freund,
mal in 'nem Rosenkranzgebet,
mal in 'nem guten Joint.
Laß dich nicht irremachen, Mann,
die allerschlimmsten Sachen –
wenn nur das Feeling richtig ist,
kannst du sie ruhig machen.
Der Himmel ist, was du draus machst,
gib nur nichts auf die Pfaffen,
Liebe, Friede, Eierkuchen,
nun laß uns eine paffen.

Verbindungen zum Paradies

Oft fragen mich Leute, wo Schriftsteller ihre Ideen hernehmen. Die Antwort ist natürlich – von der British Rail. Nein, das ist nur ein Scherz, obwohl man tatsächlich allerlei wunderbare Dinge zu hören bekommt, wenn man so viel mit dem Zug unterwegs ist wie ich. Neulich, zum Beispiel. Ich saß im Zug, in einem ziemlich vollen Abteil, als die Stimme des Schaffners aus den Lautsprechern drang. Die Ansage begann in dem monoton leiernden Tonfall, der bei Schaffnern in aller Welt so beliebt ist, verwandelte sich jedoch alsbald in ein ersticktes Blöken.

„Ich möchte alle Passagiere darauf hinweisen, daß die nächste Haltestelle Darnley Halt sein wird. (*Pause*) Darnley Halt hat einen sehr kurzen Bahnsteig. (*längere Pause*) Passagiere, die in Darnley Halt aussteigen möchten, werden gebeten sich zur Spitze des Zuges zu begeben. Die Spitze des Zuges (*besorgte Pause*) befindet sich (*äußerst besorgte Pause*) an dem Ende (*Pause, die auf die Erkenntnis hindeutet, daß es keinen ehrenvollen Ausweg aus diesem Satz mehr gibt*), das am weitesten (*Pause voll heilloser Panik*) von (*Pause, während der Schaffner hilflos nach alternativen Schlüssen für seinen Satz sucht, wie etwa: ‚... dem platonischen Ideal‘ oder ‚Patagonien‘*) dem Zugende entfernt ist ...“ (*Unglückliches Schweigen, während der Schaffner seinen Kopf mit den Armen bedeckt und schwört, sich für den Rest der Fahrt in seinem kleinen Zugbegleiterabteil einzuschließen.*)

Nein, es ist nicht immer die British Rail, aber es ist bestimmt so, daß die meisten meiner Ideen aus ziemlich gewöhnlichen, alltäglichen Ereignissen entspringen.

„Ja“, sagt der Fragesteller, wenn ich ihm das erkläre, „aber mir passiert nie etwas – jedenfalls nichts, das sich in allen Einzelheiten aufzuzeichnen lohnen würde.“

Ich glaube nicht, daß das stimmt. Uns allen passieren die

verschiedensten Dinge; der Unterschied ist vielleicht nur, daß der Schriftsteller sich bewußt eine innere (oder schriftliche) Notiz von seinen Erlebnissen macht und dann, was noch wichtiger ist, zwischen ihnen Verbindungen herstellt oder entdeckt, die ganz alltäglichen Beobachtungen Tiefe und Bedeutsamkeit verleihen.

Ich gebe Ihnen ein Beispiel.

Verbindungen zum Paradies

Eines Vormittags fuhr ich mit dem Zug von Polegate in Sussex hinunter nach Southampton, um mein neuestes Buch zu präsentieren. Ich wußte, daß ich in Brighton umsteigen mußte, aber ich war mir nicht sicher, ob ich danach direkt würde durchfahren können. Also ging ich auf dem Bahnhof von Brighton zum Informationsschalter, um mich zu erkundigen.

Informationsschalter sind seltsame Einrichtungen. Sie scheinen stets mit Leuten besetzt zu sein, die sich immer in Vierergruppen krank melden. Zurück bleibt dann immer eine nette, aber nervöse Person, die in Tränen ausbricht, sobald sie zu großem Druck ausgesetzt ist. Dazu kommt, daß vor Ihnen in der Schlange unweigerlich ein neunzigjähriger Ukrainer steht, der kein Wort Englisch spricht, in regelmäßigen Abständen leidenschaftlich, wenn auch unerklärlich zu weinen anfängt, und in etwa sechs Wochen in einem Schlafwagen über Taunton nach Clitheroe reisen muß, sowie eine sehr, sehr einsame Person, die stets an diesem Wochentag dorthin kommt, genau um diese Uhrzeit, um sich eine Stunde oder so mit der netten, nervösen Person zu vertreiben, die das überhaupt nicht stört, weil sie dabei keine bösartigen, peinlichen Fragen nach Abfahrtszeiten gestellt bekommt.

Zum Glück ist es am Info-Schalter in Brighton überhaupt nicht so. Ich hatte nicht die geringsten Probleme.

„Steigen Sie in Hove um, Sir“, flötete das junge Mädchen hinter dem Tresen, „von dort können Sie einen direkten Zug nach Southampton nehmen.“

„Vielen Dank!“ rief ich über die Schulter zurück, als ich wieder hinaus in die Bahnhofshalle trat.

Auf dem Weg zum richtigen Bahnsteig blickte ich hinauf zu der elektronischen Informationstafel, in der Hoffnung, dort eine beruhigende Bestätigung zu finden. Aber weit gefehlt!

„*Reisende nach Southampton müssen in Worthing umsteigen*“, verkündete die Tafel in großen, weißen Lettern.

Etwas beunruhigt machte ich an der Bahnsteigschranke halt und sprach den gelangweilten jungen Mann an, der sich neben seiner kleinen Kabine auf einem Hocker lümmelte.

„Sagen Sie bitte“, fragte ich, „wenn Sie an meiner Stelle wären, wo würden Sie umsteigen, um nach Southampton zu kommen?“

„Portsmouth“, erwiderte er mit trübsinniger Gewißheit.

„Portsmouth?“ wiederholte ich. „Sind Sie sicher?“

„In Portsmouth nach Southampton umsteigen“, sagte er in jenem lustlos sarkastischen Tonfall, den man für Leute reserviert, die etwas beim ersten Mal nicht kapiert haben.

Ich bedankte mich murmelnd und eilte den Bahnsteig entlang, um meinen Zug zu besteigen, und war gerade im Begriff hinaufzuklettern, als ich einem wilden Impuls nachgab, mich noch einmal nach dieser verblüffend schwer greifbaren Information zu erkundigen. Ein älterer, weißhaariger, ziemlich großväterlich aussehender Angestellter der British Rail schob seinen Kofferkuli an mir vorbei. Hier war ein Mann, dem man trauen konnte – ein Mann, der Bescheid wissen würde!

„Entschuldigen Sie“, rief ich ihn an.

Der Mann hielt seinen Kofferkuli an und lächelte mich mit

väterlicher Freundlichkeit an. „Kann ich Ihnen irgendwie behilflich sein, Sir?“ fragte er.

Ich erklärte ihm, ich hätte drei völlig verschiedene Auskünfte bekommen und sei nicht ganz sicher, an welche davon ich mich halten solle. Er schmunzelte nachsichtig.

„Diese jungen Leute, Sir, die kennen sich aber auch gar nicht aus. Wenn Sie diesen Zug nehmen, müssen Sie in Havant umsteigen, um nach Southampton zu kommen, Sir. Da erwischen Sie einen direkten Zug.“

„Na bitte“, sagte ich zu mir selbst, während ich mich endlich in der Ecke eines Abteils niederließ, „jetzt weiß ich wenigstens Bescheid – in Havant umsteigen . . .“

Wenige Minuten später erschien der Fahrkartenkontrolleur. Es war ein jüngerer Mann mit starkem indischem Akzent.

„Nach Southampton muß ich in Havant umsteigen, nicht wahr?“ erkundigte ich mich leichthin, völlig zuversichtlich, daß er zustimmend nicken würde.

„Sie müssen nach oben, Sir“, erwiderte er, „oben geht es nach Southampton.“

Ich starrte ihn einen Moment lang an, während sich meine Gedanken überschlugen. Oben? Oben nach Southampton? Hatte ich, ohne es zu bemerken, eine neue Art von zweistökkigem Zug bestiegen, dessen obere Hälfte nach Southampton fuhr, die untere dagegen nicht? Wie konnte das zugehen . . .?

„Nach oben?“ erwiderte ich mit schwacher Stimme. „Ich verstehe nicht . . .“

„Nach oben auf dem Bahnhof Portsmouth“, fuhr mein Informant fort, „nach oben zum oberen Bahnsteig, da hält der Zug nach Southampton, Sir. Dorthin müssen Sie.“

Und diese Auskunft war, wie ich voll Freude berichten kann, vollkommen zutreffend.

Genau so hat es sich zugetragen, und es ist absolut wahr.

Verbindungen? Nun, hinterher kam mir der Gedanke, daß die Reihe meiner Ratgeber, die alle bei derselben Bahngesellschaft angestellt waren, eine gewisse Ähnlichkeit mit den christlichen Denominationen hatten, von denen jede eine klare Vorstellung davon hat, wie die Leute dorthin kommen sollten, wohin sie wollen, und die alle unerbittlich daran festhalten, daß ihr Weg der einzige sei, der überhaupt der Erwägung wert sei.

Wo *steigen* wir denn nun um, wenn wir ins Paradies wollen?

Ein kostbarer Schatz

Jahrelang habe ich versucht, Gaben auszuüben, die ich nicht hatte. Es funktionierte nicht.

Ich hatte *nicht* die Gabe der Versöhnung. Ich hatte die Gabe, alles nur noch schlimmer zu machen, so daß die Leute am Ende nicht nur miteinander, sondern auch mit mir Streit hatten.

Ich hatte *nicht* die Gabe der Weisheit und besonderen Einsicht. Ich hatte die Gabe, Dinge in den falschen Hals zu kriegen und die Leute in Aufruhr zu versetzen.

Ich hatte *keine* besondere Gebetsgabe. Ich hatte die Gabe, Leuten zu versprechen, daß ich für sie beten würde, es dann zu vergessen und in fürchterliche Verlegenheit zu geraten, wenn sie mir dankten und sagten, sie wüßten, daß meine Gebete geholfen hätten, und mich dann schuldig zu fühlen, weil ich es einfach nicht über mich brachte, ihnen die Wahrheit zu sagen.

Ich hatte *nicht* die Gabe der Evangelisation. Ich hatte die Gabe, so hoffnungslos undurchdachte und unausgegorene Argumente vorzubringen, daß meine eigene Überzeugung immer schwächer wurde, je mehr ich redete, bis ich mich schließlich selbst zu einem unglücklichen Agnostiker gepredigt hatte.

Ich hatte *nicht* die Gabe der prophetischen Rede, obwohl es mir das Herz brach, mich endlich dieser Erkenntnis zu stellen.

Vielleicht zeigen sich heute die ersten Anzeichen eines echten Gabendienstes, aber ich werde mich hüten, dem Kind einen Namen zu geben.

Hier ist eine ins Lächerliche übertriebene Darstellung dessen, was alles schiefgeht, wenn eine „Gabe der Ermutigung" so überschwenglich ausgeübt wird, daß die Ermutigung nahezu bis zur Bedeutungslosigkeit entwertet wird.

Ein kostbarer Schatz

Der Leiter, Stanley, George (ein Neuer, Veronica und Penelope sitzen im Halbkreis. Alle haben ihre Bibeln aufgeschlagen vor sich auf dem Schoß.

Leiter:	Schön, wir haben also den Abschnitt gelesen, in dem uns die Geschichte von Zachäus berichtet wird, und ich möchte bitten, daß wir unsere Eindrücke schildern, jeder so, wie er sich geführt weiß. (*Pause*)
Stanley:	Also, mir kam der Gedanke ...
Leiter:	Ja, Stanley, nur zu.
George:	Ja, raus damit, Stan!
Stanley:	Nun, mir kam der Gedanke, daß Zachäus auf einem Baum saß, und ein Baum hat doch Wurzeln, stimmt's?
Leiter:	Ja?
Stanley:	Ja, und Gott will uns von den *Wurzeln* her verändern. Von den *Wurzeln* her. Ist es nicht so?

Leiter: Nun, ist das nicht interessant? Ist *das* nicht interessant? Weißt du was – diesen Zusammenhang habe ich noch nie gesehen. Die Wurzeln eines Baumes, und er verändert uns von den *Wurzeln* her. *Ist* das nicht interessant? (*Pause*) Haben die anderen noch weitere Einsichten, die sie uns mitteilen möchten?

Veronica: Mir ist aufgefallen, daß Zachäus mit dem letzten Buchstaben des Alphabets beginnt, und wenn man es recht bedenkt, dann ist das Letzte, was Gott will, daß wir ihm ungehorsam sind. Das ist das *Letzte*, was Gott von uns will, und Zachäus beginnt mit dem *letzten* Buchstaben des Alphabets.

Leiter: Ist das nicht tief? Das ist *sehr* tief. Das Letzte, was Gott will, ist Ungehorsam, und Zachäus fängt mit ... das ist sehr tief – *sehr* tief. Veronica hat uns da an einer sehr tiefen Einsicht teilhaben lassen, meint ihr nicht auch alle?
(*Alle nicken, außer George, der nur verblüfft den Kopf schüttelt*)

Penelope: Darf ich auch etwas einbringen?

Leiter: Bitte, Penelope. Mmm!

Penelope: Mir scheint, daß es in diesem Abschnitt im Grunde ums Dienen geht. Zachäus wurde aufgefordert zu dienen – nicht nur als Gastgeber, sondern dem Herrn zu dienen. Wir sollten alle dienen. Er hat uns aufgerufen zu dienen, und wenn wir dienen, dann wird auch uns gedient werden. Es geht nicht nur darum zu dienen, weil uns aufgetragen ist zu dienen, sondern aus Freude zu dienen, weil wir dem dienen wollen, der uns gedient hat.

Leiter: Ist das nicht ein kostbarer Schatz? Was für

eine kostbare Einsicht, die du da einbringst. Wir sind aufgerufen zu dienen – wir alle sind aufgerufen, einander zu dienen. Was für ein neuer und kostbarer Gedanke. Sei gesegnet, Penelope, für diese äußerst kostbare Gabe an uns. (*Pause*) George, du bist neu hier, aber hast du vielleicht auch irgend etwas ... äh ...

George: Na ja, ich weiß nicht genau, ob ich schon so richtig kapiert habe, wie das hier läuft, aber ich dachte mir, sobald der alte Zack –

Leiter: Zachäus.

George: Sobald der alte Zachäus – sozusagen – den Tisch gedeckt hatte ...

Leiter: Ja?

George: Nun ja, da muß doch allen klargeworden sein, daß er einen Sparren locker hatte, oder?

Leiter: Einen Sparren ...? Meinst du, er wäre geistig nicht ganz auf der Höhe gewesen?

George: Ja, genau, genau das.

Leiter: Und warum sollte das allen klargeworden sein?

George: Na, liegt doch auf der Hand, oder? Weil ... (*Pause*) er nicht mehr alle Tassen im Schrank hatte! Nicht mehr alle Tassen im Schrank – kapiert? Er hatte nicht mehr alle Tassen im Schrank!
(*Schüttelt sich vor Lachen*)

Leiter: (*Nachdem George mit dem Lachen fertig ist*) Also, ist das nicht albern. Das ist wirklich *sehr* albern. Meint ihr anderen nicht auch, daß George da etwas sehr Albernes gesagt hat?

George: Warum? Wieso war seins interessant, und ihres tief, und ihres kostbar, aber meins albern? Überhaupt, der kostbare Schatz hat gelacht, oder etwa nicht, Schatz? Unsere tiefe Einsicht hier sah ein bißchen fassungslos aus, aber der kostbare Schatz hat sich fast ins Hemd gemacht vor Lachen, stimmt's, Schatz? Konntest nicht anders, was?

Penelope: (*Lacht nicht mehr*) Wenn du mich noch ein einziges Mal Schatz nennst, haue ich dir meinen Stuhl über den Schädel!

George: Also, das ist tief, oder? Das ist interessant. Das ist eine ganz kostbare Gabe an mich, oder? Mir den Stuhl über den Kopf hauen! (*Zu Penelope*) Danke für das Angebot, mich an deinem Stuhl teilhaben zu lassen. Was sagst du dazu, Chef? Ich wette, der alte Zachäus hätte das nicht gemacht, als Jesus bei ihm zu Hause war und am Tisch saß – sich hinter ihm anzuschleichen und ihm den Stuhl über den Kopf zu hauen. Ich wette –

Stanley: Darf ich etwas sagen, das mich sehr drängt? (*Pause*)

George: (*Argwöhnisch*) Das ist interessant, oder?

Stanley: Ich möchte gerne vorschlagen, daß wir unserem Bruder aus vollem, freiem Herzen vergeben, so wie auch Zachäus all seine früheren Übeltaten vergeben wurden.

Leiter: Nun, ist das nicht wunderbar. *Ist* das nicht wunderbar! Ist das nicht ein wunderbarer, selbstloser Gedanke, ihr anderen?

George: Jaja, ganz wunderbar. Der einzige Grund, warum ich hier bin, ist, daß der alte Stan heute abend keine Möglichkeit hatte herzukommen, und er weiß ganz genau, daß er nicht wieder nach Hause kommt, wenn er unsereinem nicht ein bißchen Zucker in den Hintern pustet. Das ist ein wunderbarer, selbstloser Gedanke, Stan, altes Haus. Das ist –

Leiter: Moment mal. Hast du wirklich Stanley heute abend mit hierhergenommen, George? Das hast du für ihn getan?

George: Na ja . . . ja, habe ich.

Leiter: Nun, ist das nicht . . . Das ist wirklich . . . (*Sucht nach dem passenden Wort*)

Penelope: Erstaunlich?

Leiter: Also bitte, Schatz – ich meine – Penelope, es hat etwas sehr Schönes an sich, daß George Stanley mit seinem Auto hergebracht hat, ohne an seine eigenen Kosten zu denken. Ist das nicht eine schöne Geste, ihr anderen?

Stanley: Er hat mir dafür genausoviel berechnet, wie ein Taxi gekostet hätte – nach Sonntagsrate. Das ist das Doppelte.

Leiter: Oh! Nun ja, dann ist es doch nicht ganz so schön, oder?

George: Also, ich *mußte* ihm ja was dafür abnehmen, versteht ihr?

Leiter: Du mußtest?

George: Ja! Ich brauchte das Geld aus demselben Grund, aus dem der alte Zachäus auf den Baum steigen mußte.

Leiter: Und dieser Grund war . . .?

George: Nun, genau wie der alte Zachäus . . .

Leiter: Ja?

George: . . . wäre ich sonst ein bißchen zu kurz gekommen. Kapiert? Ein bißchen zu kurz! (*Lacht*)

Leiter: Laßt uns den Abend beschließen, indem wir uns zu einer gewaltsamen Attacke gegen George vereinigen. Wäre das nicht wunderbar?

Stanley:	Das ist ein sehr interessanter Gedanke.
Veronica:	Sehr tief.
Penelope:	Kostbar!
	(*Sie stürzen sich auf ihn*)

ENDE

Gig-Along-A-God

Unserem Schriftsteller ergeht es jetzt wirklich übel. Der arme Kerl ist in „Cedric Spamrumbler" umbenannt worden (als ob er nicht schon genügend Probleme gehabt hätte). Er ist drauf und dran, sich in die Mühle der „berühmten Christen" zu verwickeln, jenem seltsamen Mechanismus, der aus ganz gewöhnlichen Leuten *bekannte* ganz gewöhnliche Leute macht.

Der springende Punkt ist natürlich, daß dem guten alten Cedric sehr daran liegt, seinem hypothetischen Publikum auf halbem Wege entgegenzukommen. Ist er dann erst einmal etabliert, kann er nach Herzenslust behaupten, Ruhm und Popularität wären niemals eine Motivation für seinen „Dienst" gewesen.

Oh, Cedric!

Gig-Along-A-God

S = Schriftsteller
A = Agentin

S: Guten Morgen – äh . . . ist dies hier die Agentur?
A: In der Tat, Sir, wir sind die „Christliche Künstleragentur

Gig-Along-A-God: Charismatiker für Konferenzen, Propheten für Partys, Evangelikale für Erweckungsversammlungen, Bibellehrer für die Bühne, Mystiker für Musikfestivals, Zelte und Zeugnisse, Heiler auf dem Hochseil, Priester fürs Picknick und Theologen fürs Theater: Unsere Spezialität sind handsignierte Segenskarten; alle Preise enthalten Mwst. und den Zehnten." Mein Name ist Grace. Wie kann ich Ihnen behilflich sein?

S: Nun, äh ... ich möchte gern Kultautor werden.

A: Sie möchten gern ...?

S: Ich möchte auf Green Harvest und Springbelt von Fans umlagert werden. Ich möchte berühmt sein! Ich möchte erkannt werden! Ich möchte Respekt! Ich möchte ein Star sein!! (*Pause*) Für den Herrn ...

A: Unser Prospekt garantiert die äußerste Demut *aller* unserer Künstler, Mr. ... äh ...

S: Spamrumbler – Cedric Spamrumbler.

A: Nun, für *mich* wäre das jedenfalls Anlaß genug zur Demut. Also, Mr. Spamrumbler – was ist Ihr normaler Beruf?

S: Also, ich bin ein christlicher Schriftsteller – das ist ein sehr einsamer Job, wissen Sie. Ich dachte mir, ein bißchen Öffentlichkeit bringt vielleicht etwas Farbe in mein Leben und kurbelt den Verkauf etwas an und – (*Plötzlich mit einem irren Ausdruck in den Augen*) Ich will Bücher signieren! Ich will liebenswerte Bescheidenheit demonstrieren, wenn ich vor Hunderten von Menschen interviewt werde! Ich will –

A: Spamrumbler, wie lautete der Titel Ihres letzten Buches?

S: Es heißt *Eine exegetische Analyse der philosophischen Infrastrukturen des postalluvialen Didaktizismus – Neunter Band*.

A: Hmm ... nicht gerade ein Stoff, aus dem man ein Musical machen könnte, was? Kommen auch witzige Stellen darin vor?

S: Es gibt da ein paar Bezüge auf die mythische Inkongruität im Kontext evolutionärer Antithesen, bei denen ich in der Tat ein Schmunzeln nicht unterdrücken kann.

A: Mmm, ja, wirklich zum Brüllen ... aber ich weiß nicht recht, ob wir da schon auf der richtigen Spur sind, Mr. Spamrumbler. Gibt es nicht vielleicht irgend etwas Deftiges aus Ihrer Vergangenheit, wovon Sie auf wunderbare Weise befreit worden sind? Das kommt immer sehr gut an. Haben Sie jemals Drogen genommen? Oder getrunken? Hatten Sie Berührung mit dem Okkulten? Waren Sie im Gefängnis? Waren Sie jemals in einen großen Zeitungsskandal verwickelt – „Adliger Playboy läßt neonazistisches Seniorenkränzchen auffliegen“ oder so etwas?

S: Ich erinnere mich nur, wie ich (*Blickt sich schuldbewußt um*) – nun ja – voriges Jahr einmal während eines Besuchs in dem Pizzaland-Restaurant in meiner Nachbarschaft etwas zuviel Salat in meine Schüssel getan habe. Ich weiß nicht warum. Ich – ich habe einfach den Kopf verloren!

A: Mmm, ja, ich glaube, damit können wir etwas anfangen. „Gier verleitet führenden christlichen Akademiker zu großangelegtem Betrug an riesiger Restaurantkette“. Das werde ich übernächsten Monat in der christlichen Presse bringen lassen. Morgen früh werde ich gleich den Verlag kontaktieren und einen Vertrag für ein Paperback mit – sagen wir – 40 000 Worten aufsetzen lassen, tausend Pfund Vorschuß. Titel – warten Sie mal; so etwas wie: „Von Völlerei zur Vergebung – der Weg eines Mannes aus der Gosse der geifernden Gier zum Frieden einer persönlichen Erneuerung.“ Kann nächstes Frühjahr erscheinen – und dann können sie Seminare über Diäten, Völlerei, Magersucht, Kochen, die Bedeutung des Brotes im Neuen Testament und okkulte Einflüsse in der Pizza halten – im, na, sagen wir frühestens im Herbst. Wie gefällt Ihnen das, Mr. Spamrumbler?

S: Klingt großartig! Und wie steht es mit dem Geld? Wieviel muß ich Ihnen bezahlen?

A: Es ist üblich, einen bestimmten Prozentsatz an die Agentur abzuführen, Mr. Spamrumbler.

S: Verstehe. Nun, meinen Sie nicht auch, daß wir darüber beten sollten, wie hoch dieser Prozentsatz sein sollte?

A: Äh . . . ja, gut. Lassen Sie uns . . . äh . . . beten, daß uns die richtige Zahl offenbart werden möge.
(*Beide beten*)

S: Zehn Prozent!

A: (*Fast gleichzeitig*) Fünfzehn Prozent! Mmm, versuchen wir es noch etwas länger . . .
(*Sie beten*)

S & A: (*Gleichzeitig*) Zwölfeinhalb Prozent!
(*Sie erheben sich und schütteln sich die Hände*)

ENDE

Anglikaner-Rap

Als ich meinen Kindern eröffnete, daß ich mich mit dem Gedanken trug, einen „Rap“ zu schreiben, waren sie alles andere als beeindruckt. Ich glaube, sie stellten sich vor, ich würde eine klangvolle Reihe schlecht gereimter Verse vortragen, deren Zweck darin bestand, der Jugend von heute zu zeigen, daß die Kirche auch für ihre Kultur Bedeutung habe. Die Sorge hätten sie sich sparen können. Ich habe eine tiefe, dauerhafte Abneigung gegen arrangierte Ehen zwischen zwei Konzepten, die einander vom ersten Blick an abstoßen.

Wir haben genügend Dinge in unserem christlichen Glauben, die für uns authentisch und einzigartig sind, ohne töricht nach der Pfeife der Welt zu tanzen. Verstehen Sie mich nicht falsch – ich bin durchaus für ein gewisses Mindestmaß an Albernheit und für eine richtig verstandene kulturelle Integration. Was mir zuwider ist, das ist die Marktschreier-Methode. Warum sollten wir eine falsche Präsentation für etwas konstruieren, das eigentlich doch wahr ist? Da wäre es doch viel besser, endlich den von Menschen gemachten Nonsens aus dem Weg zu räumen, der so lange die Wahrheit verschleiert hat, eine Wahrheit, die schon immer bedeutsam *war*. Ich würde lieber in eine vernünftig geführte, von Christen betriebene Kneipe gehen, in der alkoholische Getränke angeboten werden, als in einer sogenannten „christlichen Bar" über meinem Gemüsesaft zu kauern. Aber natürlich könnte es sein, daß ich mit dieser Ansicht vollkommen falsch liege, und was für ein Glück für mich ist es da, daß diejenigen unter Ihnen, die *nicht* mit mir übereinstimmen, mir meinen Irrtum von Herzen vergeben werden.

Der Anglikaner-Rap ist eine heitere Betrachtung dessen, was sich vielleicht daraus ergeben könnte, wenn meine eigene Kirche versuchen würde, sich selbst durch den Griff zu einem „modernen" Stilmittel in ihrer schwülstigsten Form am Leben zu erhalten.

Anglikaner-Rap

Laßt uns knien, laßt uns steh'n,
laßt uns heilig ausseh'n,
singt aus voller Kehle und klatscht in die Hand,
zieht triumphierend durch den Mittelgang im weißen Gewand.
Unsre Denomination kennt wirklich jeder Depp,
von der Isle of Wight bis zum Watford Gap
machen alle mit beim Anglikaner-Rap.
Keiner fehlt bei unsrer Anglikaner-Polonaise,

greift nach der Hermeneutik und treibt Exegese!
Mach dich lang auf der Bank,
alle Schäfchen machen Schläfchen,
Bei den Pfingstlern mußt du beten,
und dann geben die Propheten
Offenbarungen in Zungen mit bizarren Auslegungen.
Laß dich nicht überlisten von den Methodisten,
und schon gar nicht den Verlorenen,
den nicht Wiedergeborenen.
Trinkst du gerne Tee im Schnee an dem Stand der
Heilsarmee?
Setz dich nicht auf Sofas mit den Zeugen Jehovas,
und laß dich nicht stecken ins Baptisten-Taufbecken,
bei *uns* wirst du nicht krank in einem kalten Wassertank,
wir taufen durch drei Tröpfchen auf das
Kleinkinderköpfchen.
Theologisch folgen wir jedem neuen Trend,
weil sich's so in der Kirche um so besser pennt.
Wir sind modisch und modern,
achte mal auf die Soutanen,
was das kostet, die zu schneidern,
kann der Laie nur erahnen.
Sei ein cooler Typ, schwimme mit der Masse,
wirf dein Scherflein bei uns in die Kollektenkasse.

Laßt uns knien, laßt uns steh'n,
laßt uns heilig ausseh'n,
singt aus voller Kehle und klatscht in die Hand,
zieht triumphierend durch den Mittelgang im weißen Gewand.
Unsre Denomination kennt wirklich jeder Depp,
von der Isle of Wight bis zum Watford Gap
machen alle mit beim Anglikaner-Rap.
Keiner fehlt bei unsrer Anglikaner-Polonaise,
Greift nach der Hermeneutik und treibt Exegese!

Sei ein Star am Altar, bleibe kühl im Gestühl,
sei nicht bang auf dem Gang,
denn der Schnaps is' in der Apsis,
schwing 'ne Keule an die Säule,
mach 'ne Welle in der Kapelle,
schick den Hansel auf die Kanzel,
Meister Eder ans Katheder,
den Ägypter in die Krypta und die Lore auf die Empore,
Nimm die Kerzen dir zu Herzen,
schau nicht trister als der Küster,
Jag den Wurm aus dem Turm, sieh dich vor in dem Chor,
singe Psalmen unter Palmen, geh der Orgel an die Gorgel,
wisch' das Haar vom Talar, häng' die Socke an die Glocke.
Manche von uns können kaum laufen vor Kies,
und viele sehen aus wie Edward Heath (und das sind nur die Ladies).
Anglikaner auf dem Kirchgang sind immer in Hetze,
alle woll'n als erste dasein für die hintersten Plätze.
Wir sind offen, wir sind weit, wir sind sehr verträglich,
sei es Guru oder Papst, bei uns ist alles möglich.
Nur dem Chef muß man gehorchen, denn sonst gibt es Zoff,
unser Chef ist ein waschechter Erzbischof.

Laßt uns knien, laßt uns steh'n,
laßt uns heilig ausseh'n,
Singt aus voller Kehle und klatscht in die Hand,
zieht triumphierend durch den Mittelgang im weißen Gewand.
Unsre Denomination kennt wirklich jeder Depp,
von der Isle of Wight bis zum Watford Gap
machen alle mit beim Anglikaner-Rap.
Keiner fehlt bei unsrer Anglikaner-Polonaise,
greift nach der Hermeneutik und treibt Exegese!

Lieber Craig

Ein Freund von mir, der homosexuell und Christ ist, ist bei seinen ersten Versuchen, bei verschiedenen Anlaufstellen der Gemeinde Jesu Seelsorge und konstruktive Hilfe zu bekommen, durch die Hölle gegangen. Elementare Formeln und übermäßig vereinfachende Vorstellungen waren nicht nur keine Hilfe – sie waren manchmal beängstigend. Inzwischen hat er, Gott sei Dank, Leute und Orte gefunden, die ihm Hoffnung bieten, weil sie sich mit *ihm* befassen und nicht nur mit einem Aspekt dessen, was er ist.

So hätte es Jesus auch gemacht.

Vielleicht sollten wir erst einmal nachdenken, bevor wir auf sehr tiefe Probleme mit klischeehaften Sprüchen antworten. Der folgende Brief ist eine ausgesprochene Albernheit, aber . . .

Lieber Craig

Lieber Craig,
zuerst laß mich sagen, wie sehr ich es zu schätzen weiß, daß Du mir ein so heikles und persönliches Problem anvertraut hast. Ich hoffe nur, daß ich dabei ein wenig helfen kann!

Craig, ich werde Dir jetzt etwas sagen, das Dich vielleicht überraschen wird. Ich bezweifle sehr stark, daß Du wirklich der einzige in Deiner Gemeinde bist, der eine Posaune besitzt. Jüngste, durchaus zuverlässige Untersuchungen zeigen, daß mindestens einer von fünfundzwanzig männlichen Briten ein irgendwie geartetes Blechblasinstrument in Besitz hat, und Deine Gemeinde ist ziemlich groß. Ich bin ganz sicher, daß Du nicht allein bist.

Und nun möchte ich Dir ein kleines persönliches Zeugnis geben. Dies ist ein vertraulicher Brief, so daß Dir ja klar ist, daß das Folgende nicht zum Weitererzählen gedacht ist. Vor einigen Jahren, Craig, erbte ich den Besitz eines alten Onkels, den ich nur sehr flüchtig gekannt hatte. Als ich in Onkel Brendons Haus eintraf, um die Gegenstände durchzusehen, die nun mir gehörten, entdeckte ich, daß mein Onkel selbst heimlich Eigentümer eines Blechblasinstrumentes gewesen war. Aus Gründen, die ich selbst nicht verstehe, war ich sowohl abgestoßen als auch gleichzeitig fasziniert von dem Instrument. Ich schlug alle moralischen Bedenken in den Wind, hob das Instrument an die Lippen (ich will vor Dir nichts beschönigen, Craig) und blies einen lüsternen Stoß, der die Stille im Schlafzimmer meines verstorbenen Onkels erschütterte.

Sofort hüllten mich Schuldgefühle ein wie ein Taucheranzug, Craig.

Später kam ich nach Hause, setzte mich in der Küche schweigend meiner Frau gegenüber, ergriff ihre beiden Hände und brachte ihr so schonend wie möglich bei, daß ich nun an einer bösartigen Tuba litt.

Clarissa und ich haben dieses Problem als Mann und Frau aufgearbeitet, und ich glaube, ich darf ehrlich sagen, daß es nun wirklich unter Kontrolle ist. Meine Tuba werde ich immer haben, aber seit jenem Tag ist sie nicht mehr aus dem Schrank gekommen.

Ich habe mein Blasinstrument geerbt, Craig, und manche Leute behaupten, man könne gar nicht anders dazu kommen. Du sagst in Deinem Brief nichts über die Herkunft deiner Posaune, aber ich persönlich bin davon überzeugt, daß Vererbung nicht der einzige Weg ist, durch den jüngere wie ältere Leute sich in solche Praktiken verwickeln können. Ich hatte einmal einen stocktauben Rentner in der Seelsorge, der ein Tenorsaxophon gestohlen hatte.)

Zum Schluß, Craig, möchte ich noch das sagen, was mir am allerwichtigsten erscheint. Niemand darf Dich oder irgend jemanden sonst dafür verurteilen, daß Du eine Posaune hast und den Wunsch verspürst, sie zu spielen, aber das Spiel darauf wäre eine Sünde. Wir lieben den Sünder, aber wir hassen seine Posaune, ist es nicht so? Lassen wir uns nicht von denen in die Irre leiten, die in aller Offenheit mit Bläserchören in den Kirchen auftreten. Du und ich, wir werden stark sein, Craig, und eines Tages wird der Rest der Gemeinde Jesu erkennen, welche Dankbarkeit sie uns schuldet.

In gemeinsamer Selbstbeherrschung, Dein ...

Babys und Badewasser

In ihrer panischen Furcht davor, sich durch schmutziges Badewasser zu verunreinigen, hat die protestantische Kirche viel zu viele gesunde Babys ausgekippt. Infolgedessen haben wir manchen schmerzlichen Verlust erlitten.

Negative Reflexreaktionen auf Maria, die Mutter Jesu, haben dazu geführt, daß unsere Wertschätzung für die weiblichen Elemente der Gottheit verkümmert ist und wir eine unerfreulich respektlose Einstellung gegenüber einer ganz besonderen, tapferen Frau haben.

Vor ein paar Jahren machte ich mit zwei Freunden, die beide aus einem sehr evangelikalen Hintergrund stammen, eine mitternächtliche Wanderung über die Sussex Downs. Als wir im Mondschein über jene sanft geschwungenen, mütterlichen Hügel kletterten, äußerte ich die Ansicht, viele evangelikale Christen hätten zu Maria ein leicht neurotisches Verhältnis.

Um Mitternacht auf den Downs sagen Leute Sachen, die sie vielleicht sonst nicht sagen würden.

„Komisch, daß du das sagst", erwiderte einer meiner Begleiter, ein Bauunternehmer. „Neulich habe ich mit ein paar Jungs auf einem Dach gearbeitet, und die erzählten Witze und sagten Sachen, die ich einfach nicht hören wollte. Und dann hatte ich plötzlich das Gefühl, als ob sich die Hände einer Frau über meine Ohren legten."

Schweigend gingen wir einen Moment lang weiter; dann sprach mein anderer Freund.

„Es ist wirklich komisch, daß du das sagst. Neulich, als ich unsere Gemeindeversammlung leitete, habe ich irgend etwas über Maria gesagt, etwas Sarkastisches, meine ich, und – ich weiß nicht, wie ich es beschreiben soll – es war, als ob Gott mir einen Schlag aufs Handgelenk geben würde. So fühlte es sich an."

Wir gingen nicht näher auf diese Erlebnisse ein. Es hätte keinen Sinn gehabt. Keiner von uns verspürte Lust, katholisch zu werden. Wir öffneten nur die eine oder andere Tür, auf der „Privat" stand.

Ein anderes Beispiel ist die Beichte. Vor lauter Angst davor, zusammen mit einem Mann, der versucht, Gott die Arbeit abzunehmen, in einen engen Kasten eingeschlossen zu sein, fegen wir achtlos die ganze biblische Sache mit dem gegenseitigen Sündenbekenntnis zur Seite. Dabei kann unsere geistliche und seelische Gesundheit manchmal von diesem Vorgang abhängen.

Oft wächst dann das von uns ausgekippte Baby irgendwo anders in verzerrter Form heran. Die Gabe der Heilung verschwindet, und die christliche Wissenschaft wächst. Geistliche Gaben werden vernachlässigt, und es erscheint eine Lehre, nach der es ohne Zungenreden keine Errettung gibt.

Der Tod und die ganze Frage der Kommunikation zwischen Himmel und Erde sind schon vor langer Zeit im theologischen Abflußrohr verschwunden. Diese Themen werden von jenen Teilen der Gemeinde Jesu, deren Mitglieder das gemeinsame Zauberkunststück vollbracht haben, ihre Furcht hinter einer aggressiven oder hektischen „Jetzt-heit" zu verbergen, entschlossen und beharrlich daran gehindert, gurgelnd wieder an die Oberfläche zu kommen. Alle machen das. Letztes Jahr verbrachte eine der Frühstückssendungen im Fernsehen eine Woche damit, das Problem der von Verkehrsunfällen betroffenen Kinder zu erörtern. Eine riesige Zahl von Kindern werden jedes Jahr auf unseren Straßen getötet oder verletzt. Alles mögliche wurde während dieser Woche diskutiert – Verkehrssicherheit, rücksichtsloses Fahren, die Gefahren der Trunkenheit, die richtige Wartung von Kraftfahrzeugen, alles, was man sich vorstellen kann, nur nicht der Tod. Wo sind all die Kinder, die ums Leben gekommen sind? Spielt das überhaupt eine Rolle? Wie bringen wir unseren Kindern bei, mit dem Tod zurechtzukommen? Niemand scheint es der Mühe wert zu finden, diese Fragen zu stellen.

Spiritismus und die Verstrickung in Okkultismus sind die mutierten und höchst unwillkommenen Gewächse, die leicht in das Vakuum eindringen, das durch diese Verleugnung auf seiten der Welt und der Gemeinde Jesu entsteht.

Hoffen wir, daß wir einige dieser „Babys" zurückholen, das schmutzige Wasser abwaschen und sie sorgfältig und gelassen betrachten können. Vielleicht werden dann Leute wie ich, die furchtsam hinter den Fensterläden der Furcht und der Vorurteile hervorlugen, zulassen, daß Jesus sein Licht in die dunklen Winkel scheinen läßt und uns mit neuen, tieferen Entdeckungen in Staunen versetzt.

Zurück in die Zukunft

Vor einigen Jahren fuhren wir, die Fahrräder auf dem Dach, hinunter nach Newhaven, setzten mit der Fähre über nach Nordfrankreich und verbrachten ein paar herrliche Tage damit, durch die Flußtäler von Ort zu Ort zu radeln. Den letzten Tag hatten wir uns dafür reserviert, die Hafenstadt Dieppe zu erforschen, bevor wir am Abend wieder über den Kanal fahren würden.

Gleich nach dem Mittagessen traten wir in das kühle Innere einer Kirche nahe der Stadtmitte. Ich verlor die anderen für eine Weile aus den Augen, doch nach ein paar Minuten entdeckte ich Katy, damals vier, die eine lebensgroße Skulptur von Maria, der Mutter Jesu, betrachtete, wie sie den toten Leib ihres Sohnes in den Armen hielt und mit einem Ausdruck echten Schmerzes und Verlustes in sein Gesicht sah. Katy drehte sich um und sah mich.

„Papa, warum hat Jesus ein Loch in seiner Seite?"

Stockend erklärte ich ihr, daß ein römischer Speer dafür verantwortlich war. Katy war entsetzt. Sie betrachtete die Skulptur von neuem.

„Papa, er hat Löcher in den Füßen. Warum hat er denn Löcher in den Füßen?"

„Sieh mal", sagte ich und deutete auf ein kleines Kruzifix an der Wand über uns. „Sie haben seine Füße an dieses Stück Holz genagelt, ein sogenanntes Kreuz, und die Löcher stammen von den Nägeln."

Sie drehte sich wieder zu den steinernen Figuren um. Ihre Stimme brach ein wenig, als sie weitersprach.

„Papa, er hat auch Löcher in den Händen. Sie haben ihm doch nicht auch noch Nägel durch seine Hände geschlagen, oder?"

Traurig erklärte ich es ihr. Katy ging näher an die Skulptur heran, schlang ihre Arme um Jesus und legte ihr Gesicht auf sein Knie.

Plötzlich sehnte ich mich zurück nach der Zeit, als ich zum ersten Mal begriff, daß Jesus für mich gestorben war und daß es wirklich weh getan hatte, bevor ich meinen Glauben mit lauter Worten und Sorgen bedeckte. Ich wollte wieder wie ein Kind sein.

Aber ich fühlte mich wie ein Kohlkopf.

Neu für mich,
an Jahren alt,
lernte er
Tränen bald.
Treue Liebe,
sieh mich an,
nimm mich, Liebe,
in deinen Arm.
Vollkommen los,
ein Neubeginn,
vergib meinem Herzen,
nimm es hin.
Friede nun
wartet mein,
ruh in Hoffnung,
frei zu sein.

Adrian Plass

Die theatralischen Tonbänder des Leonard Thynn
Paperback. 144 Seiten. ISBN 3-87067-508-X
Adrians Gemeinde will beim Theaterfestival mitmachen: Daniel in der Löwengrube. Na ja, wir erleben Daniel doch etwas anders als gewohnt . . .

Warum es kein Verbrechen war, Onkel Reginald zu töten
Paperback. 192 Seiten. ISBN 3-87067-555-1
Adrian erzählt gleichnishafte Geschichten mit tiefgründigem Humor. Während der Leser an der Haustür unterhalten wird, schlüpft die Wahrheit durch ein Seitenfenster ins Zimmer . . .

Gesprengte Mauern
Gebunden. 192 Seiten. ISBN 3-87067-584-5
Ein Andachtsbuch – ein ganz neuer, anderer Plass. Texte, die die Mauern der Angst in uns sprengen.

O Herr, laß mich (k)ein Kohlkopf sein!
Paperback. 160 Seiten. ISBN 3-87067-641-8
Humorvoll und dennoch mit Plass'schem Ernst und Tiefgang serviert der fromme Chaot witzige Geschichten, Sketche und Verse quer durch Gottes Gemüsegarten.

Die rastlosen Reisen des frommen Chaoten
Paperback. 192 Seiten. ISBN 3-87067-643-5
Das zweite Tagebuch des Adrian Plass berichtet von den Reisen und Vorträgen des zum christlichen Redner avancierten Buchautors und seiner chaotischen Heimatgemeinde.

Brendow
Buch · Kunst · Verlag